KB075096

언어의 온도

일러두기

한 권의 책은 수십만 개의 활자로 이루어진 숲인지도 모릅니다.
'언어의 온도'라는 숲을 단숨에 내달리기보다,
이른 아침에 고즈넉한 공원을 산책하듯이 찬찬히 거닐었으면 합니다.

본문 곳곳에 스며 있는 잉크 무늬는 디자인적인 요소입니다.
창작자의 의도를 너른 마음으로 헤아려주었으면 하는 바람입니다.

_ 이기주

언어의 온도

이기주

말과 글에는 나름의 따뜻함과 차가움이 있다

말과 글은
머리에만 남겨지는 게 아닙니다.
가슴에도 새겨집니다.

마음 깊숙이 꽂힌 언어는
지지 않는 꽃입니다.

우린 그 꽃을 바라보며
위안을 얻기도 합니다.

서문

당신의 언어 온도는 몇 도쯤 될까요

섬세한 것은 대개 아름답습니다.
그리고 예민합니다.

우리말이 대표적입니다. 한글은 점 하나, 조사 하나로 문장의 결이 달라집니다. 친구를 앞에 두고 "넌 얼굴도 예뻐" 하려다 실수로 "넌 얼굴만 예뻐"라고 말하는 순간, 서로 얼굴을 붉히게 됩니다.

언어에는 나름의 온도가 있습니다. 따뜻함과 차가움

의 정도가 저마다 다릅니다.

온기 있는 언어는 슬픔을 감싸 안아줍니다. 세상살이에 지칠 때 어떤 이는 친구와 이야기를 주고받으며 고민을 털어내고, 어떤 이는 책을 읽으며 작가가 건네는 문장에서 위안을 얻습니다.

용광로처럼 뜨거운 언어에는 감정이 잔뜩 실리기 마련입니다. 말하는 사람은 시원할지 몰라도 듣는 사람은 정서적 화상火傷을 입을 수 있습니다. 얼음장같이 차가운 표현도 위태롭기는 마찬가지입니다. 상대의 마음을 돌려세우긴커녕 꽁꽁 얼어붙게 합니다.

그렇다면 이 책을 집어 든 당신의 언어 온도는 몇 도쯤 될까요? 글쎄요. 무심결에 내뱉은 말 한마디 때문에 소중한 사람이 곁을 떠났다면 '말 온도'가 너무 뜨거웠던 게 아닐까요. 한두 줄 문장 때문에 누군가 당신을 향한 마음의 문을 닫았다면 '글 온도'가 너무 차갑기 때문인지도 모릅니다. 어쩌면요.

일상에서 발견한 의미 있는 말과 글, 단어의 어원과 유래, 그런 언어가 지닌 소중함과 절실함을 책에 담았습니다. 페이지를 넘길 때마다 문장과 문장에 호흡을 불어넣으며, 적당히 뜨거운 음식을 먹듯 찬찬히 곱씹어 읽어주세요. 그러면서 각자의 언어 온도를 스스로 되짚어봤으면 하는 바람입니다. 이 책이 그런 계기가 되었으면 합니다.

여전히 많은 것이 가능합니다.

- 봄비 내리는 소리에 귀를 기울이며

이기주

● 목차

002 글文, 지지 않는 꽃

001

말言, 마음에 새기는 것

더 아픈 사람

버스나 지하철에 몸을 실으면 몹쓸 버릇이 발동한다. 귀를 쫑긋 세운 채 나와 관계없는 사람들의 대화를 엿듣곤 한다. 그들이 무심코 교환하는 말 한마디, 끄적이는 문장 한 줄에 절절한 사연이 도사리고 있을 것 같기 때문이다.

꽤 의미 있는 대화가 귓속으로 스며들 때면, 어로漁撈에 나갔다가 만선의 기쁨을 안고 귀항하는 어부처럼 괜스레 마음이 들뜨곤 한다. 일상이라는 바다에서 귀한 물고기를 건져 올린 기분이 든다.

언젠가 2호선 홍대입구역에서 지하철에 몸을 실었다. 맞은편 좌석에 앉아 있는 할머니와 손자가 눈에 들어왔는데 자세히 보니 꼬마의 안색이 좋지 않았다. 할머니 손에는 약봉지가 들려 있었다. 병원에 다녀오는 듯했다.

할머니가 손자 이마에 손을 올려보더니 웃으며 말했다.

"아직 열이 있네. 저녁 먹고 약 먹자."

손자는 커다란 눈을 끔뻑거리며 대꾸했다.

"네, 그럴게요. 그런데 할머니. 할머니는 내가 아픈 걸 어떻게 그리 잘 알아요?"

순간, 난 할머니 입에서 나올 수 있는 대답의 유형을 몇 가지 예상해 보았다. "나이가 들면 자연스럽게 알게 된다"라거나 "할머니는 다 알지" 같은 식으로 말하지 않을까, 생각했다.

아니었다. 내 어설픈 예상은 철저하게 빗나갔다. 할머

니는 손자의 헝클어진 앞머리를 쓸어 넘기며 말했다.

"그게 말이지. 아픈 사람을 알아보는 건, 더 아픈 사람이란다…."

상처를 겪어본 사람은 안다.

그 상처의 깊이와 넓이와 끔찍함을.

그래서 다른 사람의 몸과 마음에서 자신이 겪은 것과 비슷한 상처가 보이면 남보다 재빨리 알아챈다. 상처가 남긴 흉터를 알아보는 눈이 생긴다.

그리고 아파 봤기 때문에 다른 사람을 아프지 않게 할 수도 있다. 어린 손자에게 할머니가 알려주려고 한 것도 이런 이치가 아니었을까?

말도 의술(醫術)이 될 수 있을까

어머니를 모시고 병원에 다녀왔다. 검진을 마치고 집으로 향하는데 어머니가 무겁게 입을 열었다.

"이젠 화장만으론 주름을 감출 수 없구나…."

시간은 공평한 것 같지만, 꼭 그렇지만도 않은 것 같다. 나이가 들수록 성급하게 흐른다. 시간은 특히 부모라는 존재에게 가혹한 형벌을 가한다. 부모 얼굴에 깊은 주름을 보태고 부모의 머리카락에 흰 눈을 뿌리는 주범은 세월이다.

병원에 들를 때마다 깨닫는 게 있다. 삶과 죽음의 경계에서 저마다 힘겨운 싸움을 벌이는 공간에선 언어가 꽤 밀도 있게 전달된다는 사실이다. 특히 말기 암 환자가 돌봄을 받는 호스피스 병동에선 말 한마디의 값어치와 무게가 어마어마하다.

당연한 일이다. 우리가 절박한 상황에서 눈과 귀로 받아들이는 언어는, 잔잔한 호수에 던져진 돌멩이처럼 크고 작은 동심원을 그리며 마음 깊숙이 퍼져 나가기 마련이니까.

몇 해 전 일이다. 일산에 있는 병원에서 어머니가 수술을 받았다. 진료 과정은 다른 병원과 별 차이가 없었는데 의료진이 환자를 부르는 호칭이 다소 낯설게 느껴졌다.

한 번은 나이 지긋한 의사가 회진차 병실에 들어왔는데 그는 팔순을 훌쩍 넘긴 환자를 대할 때도 "환자" 혹은 "어르신"이라고 부르지 않았다. "박 원사님" "김 여사님" 하고 인사를 건넸다.

그 모습을 보는 순간 소박한 의문이 뭉게구름처럼 솟아올랐다. 음, 이유가 뭘까. 왜 저렇게 부르는 걸까.

어머니가 퇴원하는 날 담당 의사와 이야기를 나눌 기회가 있었다. 내가 "환자라는 호칭을 사용하지 않으시던데요?"라고 묻자 그는 "그게 궁금하셨어요?" 하고 되물었다. 의사는 별걸 다 물어본다는 투로 심드렁하게 대답했지만, 난 그의 설명을 몇 번이고 되씹어 음미했다.

"환자에서 환患이 아플 '환'이잖아요. 자꾸 환자라고 하면 더 아파요."

"아…."

"게다가 '할머니' '할아버지' 같은 호칭 싫어하는 분도 많아요. 그래서 은퇴 전 직함을 불러드리죠. 그러면 병마와 싸우려는 의지를 더 굳게 다지시는 것 같아요. 건강하게 일하던 시절로 돌아가고 싶은 바람이 가슴 한쪽에 자리 잡고 있기 때문인지도 모르겠어요. 병원에서는 사람의 말 한마디가 의술醫術이 될 수도 있어요."

사랑은 변명하지 않는다

좌우봉원左右逢源이라는 말이 있다. 좌우, 그러니까 주변에서 맞닥뜨리는 사물과 현상을 잘 헤아리면 근원과 만나게 된다는 뜻이다. 일상의 모든 것이 공부의 원천이라는 의미로도 풀이된다.

얼마 전 5호선 공덕역에서 생각지도 않은 깨달음을 얻었다. 사소한 장면 하나가 내 마음에 훅 하고 들어왔다.

퇴근 시간, 콩나물시루 같은 전동차에 가까스로 몸을 밀어 넣었다. 승객들을 둘러봤다. 절반은 고개를 푹 숙인 채 뭔가를 들여다보고 있었고, 어떤 이들은 전화를 걸거나 동승한 사람과 왁자지껄 이야기꽃을 피우고 있었다.

경로석에 앉은 노부부의 모습이 눈에 들어왔다. 백발이 성성한 할아버지가 할머니 옆에서 휴대폰으로 뉴스를 보고 있었는데 제법 시끄러웠다. 게다가 어르신은 뉴스 한 꼭지가 끝날 때마다 "어허" "이런" 등의 추임새를 꽤 격렬하게 넣었다. 휴대폰에서 흘러나오는 앵커멘트와 어르신의 목소리가 객차를 점령하다시피 했다.

그 모습을 지켜보던 할머니가 할아버지의 손등에 살포시 손을 얹으며 말했다.

"여보, 사람들 많으니까 이어폰 끼고 보세요."

그러자 할아버지는 "아, 맞다. 알았어요. 당신 말 들을게요"라고 대답했다. 그러고는 주머니에서 주섬주섬 이어폰을 꺼내더니 보일 듯 말 듯한 엷은 미소를 지으며 천천히 귀에 꽂았다. 일련의 동작이 마지못해 하는 행동은 아닌 듯했다.

그 모습을 보는 순간, "당신 말 들을게요"라는 어르신의 한마디가 내 귀에는 "여전히 당신을 사랑하오"라는 문장으로 들렸다.

흔히들 말한다. 상대가 원하는 걸 해주는 것이 사랑이라고. 하지만 그건 작은 사랑인지도 모른다. 상대가 싫어하는 걸 하지 않는 것이야말로 큰 사랑이 아닐까.

사랑의 본질이 그렇다. 사랑은 함부로 변명하지 않는다.

사랑은 순간의 상황을 모면하기 위해 이리저리 돌려 말하거나 방패막이가 될 만한 부차적인 이유를 내세우지 않는다. 사랑은, 핑계를 댈 시간에 둘 사이를 가로막는 문턱을 넘어가며 서로에게 향한다.

틈 그리고 튼튼함

대학 때 농활농촌 활동을 갔다가 작은 사찰에 들어간 적이 있다. 마당 한가운데에 석탑 하나가 기품을 뽐내며 당당하게 자리를 차지하고 있었다.

난 탑 주변을 빙빙 돌며, 돌에 새겨진 상처와 흔적을 살폈다. 얼핏 봐도, 나이를 먹을 만큼 먹은 석탑이었다. 세월과 비바람을 견딘 흔적이 역력했다.

'몇 살쯤 됐을까?' '얼마나 오랜 세월 동안…' 혼자 조용히 상상의 나래를 펼치던 찰나, 등 뒤에서 누군가 말을 걸었다.

"얼마나 됐을 것 같나?"

주지 스님인 듯했다. 그는 하루에도 서너 번씩 마주치는 옆집 아이에게 안부 인사를 건네듯 편안한 말투로 말을 이었다.

"이곳에 있는 석물石物은 수백 년 이상 된 것들이 대부분이야. 참, 이런 탑을 만들 땐 묘한 틈을 줘야 해."

"네? 틈이라고 하셨나요?"

"그래, 탑이 너무 빽빽하거나 오밀조밀하면 비바람을 견디지 못하고 폭삭 내려앉아. 어디 탑만 그렇겠나. 뭐든 틈이 있어야 튼튼한 법이지…."

스님이 들려준 설명이 건축학적으로 타당한지는 잘

모르겠으나, 그 이야기를 듣자마자 그동안 내 삶에서 속절없이 무너져 내렸던 감정과 관계가 주마등처럼 스쳐 지나갔다. 돌이켜보니 지나치게 완벽을 기하는 과정에서 중심을 잃고 넘어지게 만든 대상이 셀 수 없이 많았던 것 같다.

틈은 중요하다. 어쩌면 채우고 메우는 일보다 더 중요한지 모르겠다. 다만 틈을 만드는 일이 어렵게 느껴지는 건, 그때나 지금이나 매한가지다.

말의 무덤, 언총言塚

그런 날이 있다. 입을 닫을 수 없고 혀를 감추지 못하는 날, 입술 근육 좀 풀어줘야 직성이 풀리는 날.

그런 날이면 마음 한구석에서 교만이 독사처럼 꿈틀거린다. 내가 내뱉은 말을 합리화하기 위해 거짓말을 보태게 되고, 상대의 말보다 내 말이 중요하므로 남의 말꼬리를 잡거나 말허리를 자르는 빈도도 높아진다.

필요 이상으로 말이 많아지는 이른바 다언증多言症이

도질 때면 경북 예천군에 있는 언총言塚이라는 '말 무덤'을 떠올리곤 한다. 달리는 말馬이 아니라 입에서 나오는 말言을 파묻는 고분이다.

언총은 한마디로 침묵의 상징이다.

마을이 흉흉한 일에 휩싸일 때마다 여러 문중 사람이 언총에 모여, "기분 나쁘게 들릴지 모르겠지만…"으로 시작하는 쓸데없는 말과 "그쪽 걱정돼서 하는 얘기인데요…"처럼 이웃을 함부로 비난하는 말을 한데 모아 구덩이에 파묻었다. 말 장례를 치른 셈인데, 그러면 신기하게도 다툼질과 언쟁이 수그러들었다고 한다.

우린 늘 무엇을 말하느냐에 정신이 팔린 채 살아간다. 하지만 어떤 말을 하느냐보다 어떻게 말하느냐가 중요하고, 어떻게 말하느냐보다 때론 어떤 말을 하지 않느냐가 더 중요한 법이다. 입을 닫는 법을 배우지 않고서는 잘 말할 수 없는지도 모른다.

그래서 가끔은 내 언어의 총량總量에 관해 고민한다. 다언多言이 실언失言으로 가는 지름길이 될 수 있다는 사실을 망각하지 않으려 한다.

그리고 종종 가슴에 손을 얹고 스스로 물어본다. 말무덤에 묻어야 할 말을, 소중한 사람의 가슴에 묻으며 사는 건 아닌지….

그냥 한 번 걸어봤다

버스 안에서 일흔쯤 돼 보이는 어르신이 휴대전화를 매만지며 '휴~' 하고 한숨을 크게 내쉬는 모습을 보았다. 어찌 된 일인지 창밖 풍경과 전화기를 번갈아 바라보기만 할 뿐 통화 버튼을 누르지 못하고 있었다.

10분쯤 지났을까. 어르신은 조심스레 전화기를 귀에 가져다 댔다. 우연히 통화 내용을 엿들었는데 시집간 딸에게 전화를 거는 듯했다.

"아비다. 잘 지내? 한 번 걸어봤다…."

대개 부모는, 특히 자식과 멀리 떨어져 사는 부모는 "한 번 걸었다"는 인사말로 전화 통화를 시작하는 경우가 많은 것 같다. 왜 그러는 걸까. 정말 일상이 지루하고 재미가 없어서, 그냥 무의식적으로 아무 이유 없이 통화 버튼을 눌러보는 것일까. 심심해서?

그럴 리 없다. 정상적인 부모가 자식에게 취하는 모든 행동에는 나름의 이유가 있다고, 나는 생각한다.

내 추측은 이렇다. 당신의 전화가 자식의 일상을 방해하는 게 아닐까 하는 염려 때문에, "한 번 걸어봤다"는 상투적인 멘트를 꺼내며 말문을 여는 것은 아닐까.

행여나 자식이 "아버지, 지금 회사라서 전화를 받기가 곤란해요" 하고 말하더라도 "괜찮아, 그냥 걸어본 거니까"라는 식으로 아쉬움을 드러내지 않으면서 덤덤하게 전화를 끊을 수 있기 때문은 아닐까.

그냥 걸었다는 말의 무게는 생각보다 무겁고 표현의 온도는 자못 따듯하다. 그 말 속에는 "안 본 지 오래됐구나. 이번 주말에 집에 들러주렴" "보고 싶구나. 사랑

한다" 같은 뜻이 오롯이 녹아 있기 마련이다.

주변을 보면 속 깊은 자식들은 부모의 이런 속마음을 잘 헤아리는 듯하다. 그래서 그냥 한 번 걸어봤다는 부모의 목소리를 듣는 순간 평소보다 더 살갑게 전화를 받는다. 전화기가 얼굴에 닿을 정도로 귀를 바짝 가져다 댄다.

거리에서 혹은 카페에서 "그냥…"으로 시작하는 문장이 청아하게 들려올 때가 많다. 퇴근길에 부모는 "그냥 걸었다"는 말로 자식에게 전화를 걸고 연인들은 서로 "그냥 목소리 듣고 싶어서"라며 사랑을 전한다.

"그냥"이란 말은 대개 별다른 이유가 없다는 걸 의미하지만, 굳이 이유를 대지 않아도 될 만큼 충분히 소중하다는 것을 의미하기도 한다.

후자의 의미로 "그냥"이라고 입을 여는 순간
'그냥'은 정말이지 '그냥'이 아니다.

여전히 당신을 염려하오

업무 때문에 파주출판도시에 다녀왔다. 그곳 초입을 지날 때면 어렴풋하게 떠오르는 장면이 있다.

몇 해 전, 봄을 알리는 비가 지나간 스산한 저녁이었다. 출판도시에서 일을 보고 차를 몰아 자유로에 진입했다. 어지럽게 널린 파편 사이로 찌그러진 승용차 몇 대가 보였다. 추돌사고가 발생한 듯했다.

맨 앞 차량에서 허리가 조금 굽은 어르신이 걸어 나

와서는 다른 차량 운전자와 잠깐 얘기를 나눈 뒤 곧장 조수석으로 달려갔다. 승용차의 파손 상태는 살피지도 않았다. 더 시급한 것이, 아니면 더 소중한 것이 있었던 거다.

내 기억 속에 선명하게 각인된 건 그다음 장면이다. 어르신이 내린 차량의 뒷좌석에서 작은 체구의 할머니가 몸을 웅크린 채 파르르 떨고 있었다. 잠시 뒤 어르신은 문을 열어젖힌 다음 두 팔을 벌려 할머니를 살포시 안았다.

그 모습은 마치 "세월이 흘렀지만 난 여전히 당신을 염려하오"라고 온몸으로 말하는 것처럼 보였다.

한 달쯤 지났을까. 마음이 통하는 지인들과 술자리를 가졌다. 시시콜콜한 일상 이야기를 주고받다가 안주가 떨어질 무렵, 사랑에 관한 이야기로 주제가 옮겨갔다. 잡지사에서 에디터로 일하는 친구는 사랑에 빠지는 순간 불온한 상상을 하게 된다고 힘주어 말했다.

"누군가를 좋아하면 상대의 '낮'은 물론이고 상대의 '밤'도 갖고 싶은 욕망에 사로잡히는 법이지. 때론 서로의 감정을 믿고 서로의 밤을 훔치는 확신범이 되려 하지. 암, 그게 사랑일 테지."

철학 서적을 주로 기획하고 출간하는 출판사 사장은 이런 이야기를 보탰다.

"흔히 말하는 '썸'이란 것은, 좋아하는 감정이 있다는 '확신'과 '의심' 사이의 투쟁이야. 확신과 의심이 밀물과 썰물처럼 교차하는 법이지. 그러다 의심의 농도가 점차 옅어져 확신만 남으면 비로소 사랑이 시작되는 게 아닐까?"

죄다 본인의 경험에서 우러나온 이야기를 남 얘기하듯 말하는 것처럼 보였다. 난 그들의 말에 귀를 기울이면서 여러 번 고개를 끄덕이다 웃다 했다. 술자리가 파할 즈음 엉뚱한 질문 하나가 내 머릿속을 헤집어 놓았다.

'그럼 진짜 사랑과 가짜 사랑을 가르는 기준은 뭐지?'

순간, 교통사고 현장에서 할아버지가 할머니를 껴안던 모습이 무성영화의 한 장면처럼 흐릿하게 눈앞에 펼쳐졌다.

난 무릎을 탁 쳤다. 그래. 할아버지가 그랬듯, 상대를 자신의 일부로 여길 수 있는지 여부가, 진실한 사랑과 유사類似 사랑을 구분하는 기준이 될지도 몰라.

사랑의 종류는 참으로 다양하다. 사랑을 함부로 정의할 수도 없는 노릇이다. 솔직히 말해 사랑이 뭔지 여전히 잘 모르겠다. 다만 내가 보았던 노부부의 모습을 사랑이 아니라고 한다면 도대체 어떤 것을 사랑이라고 말할 수 있겠는가?

●

당신은 5월을 닮았군요

일 년 열두 달 중에서 난 계절의 여왕으로 불리는 5월을 가장 좋아한다. 5월의 속성을 한 단어로 요약하면 '자라다'가 아닐까 싶다.

5월을 뜻하는 메이May는 그리스 신화에 등장하는 풍요와 증식增殖의 여신 마이아Maia에서 왔다. 5월이 되면 모든 게 쑥쑥 자란다. 들판의 곡식이 무럭무럭 자라기 시작하고 사람의 감정도 충만해진다.

몇 해 전 5월, 한 여인을 향해 내 안에 숨어 있던 수줍은 목소리를 끄집어냈다. 그 고백은 햇빛이 못 미치는 우물 속 깊은 곳에서 순수한 수맥水脈을 퍼 올리는 일처럼 조심스러웠다.

난 은밀하게, 섬세하게 감정을 전달하고 싶었다. 표현을 고르고 고른 끝에 "사랑해요" "좋아해요" 같은 말 대신 "당신 정말이지 5월을 닮았군요" 하고 마른침을 삼키며 고백했다.

물론 이는 영화 '카사블랑카'에서 험프리 보가트가 한 손에 와인 잔을 들고 여주인공에게 들이댄 "당신의 눈동자를 위해 건배"라는 대사만큼이나 간질간질할 수도 있겠다. 하지만 난 진심이었다. 진심은, 인간이 행하는 거의 모든 행위에 면죄부를 제공한다.

더군다나 사랑이란 감정은 은유隱喩와 무척 닮았다. 사랑이 싹트면, 아무리 목석 같은 사람도 '내 마음은 호수요' 식의 은유적 문장을 습관적으로 동원해 연정을 드러내곤 한다.

마음이라는 종이 위에 시적인 표현이 시도 때도 없이 자라기 때문이다. 몇몇 작가들도 이야기하지 않았던가.

사랑은 메타포로 시작된다, 라고.

목적지 없이 떠나는 여행

후배 녀석이 7년 넘게 사귄 여자와 실컷 싸우고 헤어졌다. 녀석은 그녀를 잊어야겠다는 핑계를 대며 지인들과 술을 마셨는데 정확히 말하면 내게 술을 사 달라고 했다, 얼큰하게 취하고 나서는 옛 여자친구 이야기를 꺼냈다. 만고불변의 진리가 떠오른다. 늘 술이 문제다.

중요한 건 평소 문학이나 드라마와는 담을 쌓고 사는 녀석의 입에서 이런 말이 튀어나왔다는 거다.

"선배, 우린 목적지 없이 여행길에 올랐던 것 같아요, 목적지 없이…."

녀석의 표현이 그랬다. 사랑이라는 확신이 있었기에 종착지를 정하지 않은 채 무작정 둘만의 여행을 떠났으나, 어디선가 깊은 미궁으로 빠져들었고 결국 길을 잃었노라고.

그러면서 녀석은 "괜찮아요. 곧 잊을 테죠…" 하고 마음에도 없는 말을 뱉으며 전두엽이 잘려나간 사람처럼 흐리멍덩한 눈으로 날 바라봤다.

그 표정은 '제 사정을 들었으니 이제 형식적인 위로나 격려라도 좀 해주세요. 그래야 견딜 수 있을 것 같아요' 하고 요구하는 것처럼 보였다.

하지만 난 아무 말도 하지 못했다. "조금만 지나면 곧 무뎌질 거야"라거나 "시간이라는 만병통치약이 있잖아" 같은 식상한 멘트를 쏟아내며 어설픈 위로를 건네기 싫었다.

그저 뜬금없이 류시화 시인의 '나무의 시'에 나오는 짤막한 구절을 들려줬던 것으로 기억한다. 아니, 정확히 말하면 후배의 넋두리를 듣다 보니 오래전 나를 스쳐 지나간 추억과 상념이 스멀스멀 피어올라서, 녀석이 들을

듯 말 듯 한 소리로 혼자 조용히 읊조렸던 것 같다.

"나무에 대한 시를 쓰려면 먼저 눈을 감고 나무가 되어야지…"라고.

난 건하게 취한 후배를 택시에 욱여넣다시피 한 다음 심야버스에 올라 집으로 향했다. 옆좌석에서 연인으로 보이는 젊은 남녀가 뭐가 그리 좋은지 서로에게 눈을 떼지 못한 채 키득대고 있었다. 그들을 슬쩍 바라보다가 사랑의 생성과 소멸에 대해 생각했다.

우린 사랑에 이끌리게 되면 황량한 사막에서 야자수라도 발견한 것처럼 앞뒤 가리지 않고 다가선다. 그 나무를, 상대방을 알고 싶은 마음에 부리나케 뛰어간다. 그러나 둘만의 극적인 여행이 대단원의 막을 내리는 순간 서늘한 진리를 깨닫게 된다.

내 발걸음은 '네'가 아닌 '나'를 향하고 있었다는 것을.

이 역시 사랑의 씁쓸한 단면이 아닐 수 없다. 처음에 '너'를 알고 싶어 시작되지만 결국 '나'를 알게 되는 것, 어쩌면 그게 사랑인지도 모른다. ●

부재不在의 존재存在

●

한적한 바닷가에 있는 작은 마을 가마쿠라에서 평범한 일상을 꾸려나가는 세 자매는 15년 전 집을 나간 아버지가 사망했단 부고 소식을 접한다.

자매는 아버지와 불륜을 저지른 여자 사이에서 태어난 이복동생 스즈와 어색하게 대면한다. 다름 아닌 아버지 장례식에서. 아, 이 무슨 황당한 시추에이션인가.

하지만 자매는 나이에 비해 의젓한 스즈를 보는 순

간, 피는 물보다 진하다는 생각에 가슴이 뜨거워지는 것을 느끼며 그녀를 가족으로 받아들이기로 한다.

"스즈, 우리 함께 살지 않을래?"

영화 '바닷마을 다이어리'는 갯내음이 가득한 바닷가 마을을 배경으로, 서로를 다독이며 행복을 찾아가는 네 자매의 사연을 그렸다.

영화에는 유독 밥 먹는 장면이 자주 나온다. 이유가 있다. 자매가 즐겨 먹는 멸치 덮밥, 해산물 카레는 아버지와 나누었던 추억이 서려 있는, 소박하지만 소중한 음식이다. 세련되게 말하면 솔푸드soul food, 정감 있게 표현하면 그리운 맛이라고 할까.

나 역시 나이가 들수록 유독 맛보고 싶은 음식이 있다. 대학 시절 학교 쪽문에서 호호 불어가며 먹던 칼제비칼국수와 수제비를 섞은 국수의 푸짐함이 그립고, "이거 다 비워야 키 큰다"며 할머니가 만들어준 콩국수의 맛도 잊을 수 없다.

돌이켜보면 그런 음식 곁엔 특정한 사람과 특정한 분위기가 있었던 것 같다.

음식을 맛보며 과거를 떠올린다는 건, 그 음식 자체

가 그리운 게 아니라 함께 먹었던 사람과 분위기를 그리워하는 건지도 모른다.

그리운 맛은, 그리운 기억을 호출呼出한다.

영화 속 세 자매는, 아니 네 자매는 식탁을 마주하고 음식을 먹는 과정을 통해 오래전 아버지와 함께 나누었던 미각과 추억을 되살려낸다.

그 기억은 자매를 단단히 결속한다. 그들이 이런저런 일로 티격태격 다투면서도 묘한 동질감을 느끼며 암암리에 닮아가는 이유도 여기에 있다.

현실에서도 부재不在의 존재存在가 사람 마음을 뒤흔드는 경우를 더러 경험하게 된다. 몇 해 전 사고로 아버지를 잃은 친구 녀석이 최근 술자리에서 음식에 얽힌 이야기를 들려주었다.

"아버지 장례를 치르고 며칠 뒤 식구들이 모여서 외식을 했어. 그런데 식당에서 밑반찬으로 멸치볶음이 나온 거야. 그걸 보자마자 너 나 할 것 없이 일제히 눈물을 쏟았어."

"그랬구나…. 그, 그런데 왜?"

"아버지가 생전에 멸치볶음을 정말 좋아하셨거든."

"아…."

"아버지는 멸치볶음만 있으면 자리에 앉기 무섭게 밥 한 공기를 뚝딱 비우곤 하셨어. 그 생각이 나서, 손을 뻗으면 만져질 것 같은 아버지에 대한 기억이 자꾸만 떠올라서…."

길가의 꽃

오래전 기억이다. 점심을 먹고 사무실로 들어오는 길에 직장 동료가 회사 앞 화단에 핀 꽃을 가리키며 말했다.
"예쁜데. 우리 조금만 꺾어 갈까?"
그가 꽃을 낚아채려는 순간 경비 아저씨가 끼어들었다.
"아니, 뭣들 하는 건가? 꽃을 왜 꺾어?"
"사무실 책상에 올려놓고 보면 좋을 것 같아서요. 한 송이만 꺾어 갈게요."
"그냥 지나가며 보도록 하게."
"네? 왜요?"
"이 꽃은, 여기 이 화단에 피어 있어서 예쁜 건지도 몰라. 주변 풍경이 없다면 꽃의 아름다움이 반감될 걸세. 그러니 꺾지 말게. 책상 위에 올려놓는 꽃은 지금 보는 꽃과 다를 거야."

진짜 사과는 아프다

"한기주 씨! 미안할 때는 미안하다고 말하세요.
자존심 세우면서 사과하는 방법은 없어요."
- 드라마 '파리의 연인' 中

언젠가 별생각 없이 드라마를 보다가 이 장면에서 속이 뜨끔했다. 화해의 손을 제때 내밀지 않고 자존심만 세우다 갈등의 앙금을 남긴 기억이 불현듯 되살아났기 때문이다.

기자 시절 사소한 다툼으로 불편하게 지내던 선배가 있었다. 토라지기 전에는 꽤 돈독한 사이였지만, 자존심 탓인지 먼저 잘못을 시인하려 들지 않았다. 나도, 그 선배도.

그러던 어느 날, 우연히 기자실에서 마주친 선배는 빨간 사과 한 알을 건네주고는 도망치듯 사라졌다.

나는 벌겋게 달아오른 선배의 얼굴과 사과의 색깔이 꽤 유사하다고 생각했다. 그러고는 입을 삐쭉 내밀며 잠시 사과를 바라봤다. 먹을까 말까 고민하다 사각사각 한입 베어 먹었다. 상큼한 향기가 입안 가득 퍼졌다.

사과를 먹고 헤아려봤다. 선배는 왜 뜬금없이 사과를 건넨 것일까? 아차, 선배의 메시지는 단순했던 것 같다. 그는 사과apology를 하고 싶었던 거다. 다만, 쑥스럽다는 이유로 그냥 사과apple를 내밀었을 뿐.

돌연 떠오르는 기억이 있다. 몇 달 전 캡슐 커피를 구매하기 위해 집 근처 백화점에 들렀다. 매장 안에서 한 아이가 우사인 볼트로 빙의해 정신없이 뛰어다니고 있었다. "다치겠네" "여기서 저러면 안 되는데" 하는 우려의 목소리가 곳곳에서 터져 나왔다.

불길한 예감은 틀리지 않는다. 갑자기 들이닥친 아이 때문에 20대 초반쯤 돼 보이는 남자 고객이 커피를 쏟고 말았다. 다행히 화상을 입은 것 같지는 않았다. 문제는 그다음 장면이다.

아이 어머니는 '안 다쳤네?' 하는 눈빛으로 사내를 대충 훑겨보더니 사과 한마디 없이 자리를 뜨려 했다. 사내는 영화 '베테랑'에서 유아인이 "어이가 없네"라고 말할 때보다 더 어이가 없다는 표정을 지으며 목소리를 높였다. "저기요. 공공장소에선 뛰지 않게 하셔야죠!"

소용없었다. 사내의 항의가 그녀의 귀에는 들리지 않는 듯했다. 아이의 어머니는 되레 더 큰 목소리로 되받아쳤다.

"뭐요? 원래 착한 아이란 말이야. 당신도 아이 낳아봐!"

흠, 뭐라고 할까. 그녀는 목소리만 크면 이긴다는 사회적 통념을 실제로 증명하기 위해 애쓰는 것처럼 보였다. 절규에 가까운 샤우팅과 얼굴을 찌를 듯한 삿대질로 말이다. 언행일치이자 지행합일이다.

나는 그들이 대화를 주고받는 모습을 바라보며 한때

국민 예능 프로그램이었던 '가족오락관'을 연상했다. 특정 출연자가 헤드폰을 쓴 채 다른 출연자의 입 모양만 보고 단어를 알아맞히는 '고요 속의 외침'이라는 코너를, 사내와 아이 어머니가 충실히 재연하는 것처럼 보였다.

뒷맛이 씁쓸했다. 언제부터인가 우리 사회는 염치廉恥를 잃어버린 것 같다.

지하철에서 어깨를 부딪쳐 놓고 그냥 내빼는 사람이 수두룩하고 버스나 기차에서 1시간 가까이 목소리 데시벨을 최대치로 높여 통화하는 사람도 자주 보게 된다. 옆 좌석에 앉은 사람을 투명 인간 취급한다고 할까. 염치가 사치가 됐다고 할까.

염치는 본디 부끄러움을 아는 마음을 뜻한다. 염치가 없는 사람은 부끄러움을 모르는 사람이다. 그런 사람을 낮잡아 우린 '얌체'라고 부른다.

물론 사과는 어렵다. 하늘의 별 따기만큼 어렵다. 노래도 있다. 엘튼 존이 목놓아 불렀다.

"미안하다는 말은 세상에서 가장 하기 힘든 말인 것

같아Sorry seems to be the hardest word."

사과가 뭘까. 도대체 그게 뭐기에 나이가 들수록 어렵게 느껴지는 걸까. 우린 왜 "미안해"라는 말을 먼저 꺼내는 사람을 승자가 아닌 패자로 간주하는 걸까.

사과를 뜻하는 단어 'apology'는 '그릇됨에서 벗어날 수 있는 말'이라는 뜻이 담겨 있는 그리스어 'apologia'에서 유래했다. 얽힌 일을 처리하려는 의지와 용기를 지닌 자만이 구사할 수 있는 승리의 언어가 사과인 셈이다.

사과의 한자를 살펴보면 그 뜻이 더욱 분명해진다. 사과의 사謝에는 본래 '면하다' 혹은 '끝내다'라는 의미가 있다. 과過는 지난 과오다. 지난 일을 끝내고 사태를 다른 방향으로 전환하는 행위가 바로 사과인 것이다.

먹는 사과의 당도가 중요하듯, 말로 하는 사과 역시 그 순도純度가 중요하다.

사과의 질을 떨어뜨리는 단어가 있으니, 바로 '하지만'이다. '~하지만'에는 '내 책임만 있는 게 아니라 네 책임도 있어'라는 의미가 담겨 있다. 그런 사과는 어쩔 수 없이 하는 사과, 책임 회피를 위한 변명으로 변질되고 만다.

사과에 '하지만'이 스며드는 순간, 사과의 진정성은 증발한다.

언젠가 정중히 사과를 건네는 사람의 표정을 들여다본 적 있다. 그는 어딘지 힘겨워 보였다. 숨을 내쉴 때마다 입술이 파르르 떨렸다. 왜일까. 엉뚱한 얘기지만 영어 단어 'sorry'의 어원과 관련이 있을지도 모르겠다.

미안함을 의미하는 'sorry'는 '아픈' '상처'라는 뜻을 지닌 'sore'에서 유래했다. 그래서일까. 진심 어린 사과에는 '널 아프게 해서 나도 아파'라는 뉘앙스가 스며 있는 듯하다.

진짜 사과는,
아픈 것이다.

가짜와 진짜를 구별하는 법

영화 '종이 달'의 주인공 리카는 평범한 은행원으로 일하며 조금은 지루한 일상을 살고 있다. 그러던 어느 날 백화점에서 충동적으로 화장품을 구매한 그녀는 얼떨결에 고객 예금에 손을 대면서 걷잡을 수 없는 나락에 빠진다. 아슬아슬한 일탈을 이어나간다.

영화의 제목이기도 한 '종이 달'은 무슨 뜻일까.

과거 일본에 사진관이 처음 생길 무렵, 초승달 모양

의 가짜 달을 매단 채 한껏 폼을 잡고 가족사진을 찍었다. 그래서 종이 달은 가족이나 연인과 보낸 가장 행복한 순간을 의미한다고 한다.

영화에서 가장 인상 깊은 장면은, 횡령한 돈을 홍청망청 쓰고 집으로 향하던 리카가 새벽하늘에 걸려 있는 초승달을 지그시 바라보는 순간이다.

이는 관객들에게 '훔친 돈으로 누리는 행복도 행복일까, 가짜 행복일까?'라는 질문을 던지는 것처럼 보인다. 글쎄다. 리카의 행복은 진짜도 가짜도 아닌, 어쩌면 '사이비 행복'이 아닐는지.

사이비似而非.

비슷하기는 하지만 가짜인 것을 의미한다. 물건으로 치면 정교한 모조품이다. 사이비는 진짜와 비슷하다. 그래서 때로는 진짜와 구별하기 어렵고 때로는 진짜보다 더 진짜 같기도 하다.

하지만 사이비의 생명은 짧다. 유통기한이 그리 길지 않다. 진실한 것이 아니기에 언젠가는 그 실체가 탄로 나고 만다. 물건이 그렇고, 사람이 그렇고, 감정도 그렇다.

그렇다면 진짜와 가짜를 쉽게 구별하는 요령이라도 존재하는 걸까? 특별한 방법까지는 아니지만, 다음 이야기가 도움을 줄지도 모르겠다.

오래전, 경제부 기자 시절 시중은행의 위폐 감별사를 만난 적이 있다. 그는 빠른 손놀림으로 한 치의 오차도 없이 슈퍼노트초정밀 위조 달러를 감별해내는 '가짜 돈 전문가'였다.

궁금했다. 진짜 지폐와 가짜 지폐를 가르는 잣대가 무엇인지. 그와 주고받은 대화를 요약하면 대략 이렇다.

"차장님, 요즘 육안으로 구별하기 어려울 정도로 정교한 위폐가 많다고 하던데요?"

"네, 그럴수록 진짜에 대한 확신이 있어야 해요. 가짜를 걸러내려면 진짜를 잘 알아야 하죠."

"그렇군요. 그래도 가짜를 보면 뭔가 감이 온다거나 그런 게 있나요?"

"너무 화려하면 일단 수상한 지폐로 분류합니다."

"네? 화려한 게 위폐일 가능성이 크다는 말씀인가

요?"

"위폐는 진짜처럼 보이기 위해 꾸민 흔적이 역력해요. 어딘지 부자연스럽죠. 가짜는 필요 이상으로 화려합니다. 진짜는 안 그래요. 진짜 지폐는 자연스러워요. 억지로 꾸밀 필요가 없으니까요."

우주만한 사연

우리나라 지하철의 경우 거의 모든 스크린도어안전문에 점자 표기가 돼 있다. 플랫폼에서 지하철을 기다리는 동안 올록볼록한 점자 표면을 살며시 더듬어보곤 하는데, 그때마다 난 복잡한 감정에 사로잡힌다.

이 작은 점點이 내겐 말 그대로 점에 불과하지만, 다른 누군가에겐 소중한 선線 또는 길이 될 테지. 우린, 각자 처지에 따라 다른 게 많다는 사실을 망각한 채 살아가는지도 몰라.

슬그머니 뇌리를 스치는 기억이 있다. 막 영어를 배우기 시작해서 알파벳 B와 D가 헷갈리던 코흘리개 시절이었다. 집 근처에 있는 허름한 동네 미용실에서 사람 손때가 켜켜이 쌓여 광택까지 흐르던 여성 잡지 한 권을 집어 들었다.

페이지를 넘기다가 우화 비슷한 사연을 읽었다. 잡지를 덮을 즈음, 글이 실린 매체와 이야기가 도무지 어울리지 않는구나, 생각했다.

유치원 학예회에 '로미오와 줄리엣'을 연극으로 올려 연애편지 한 줄 안 써본 아이들이 서로의 얼굴을 맞댄 채 "오, 나의 영원한 줄리엣" "오, 로미오" 같은 대사를 절절하게 주고받는 것 같다고 할까.

하지만 어찌 된 일인지 낡은 잡지에서 읽은 이야기가 며칠 동안 머릿속을 떠나지 않았다.

돌이켜보면 당시 난 애늙은이 소리를 자주 들었다. 그럴 만했다. 등하교 때마다 내가 어디서 와서 어디로 가는지 고민했고, 낯선 광경을 목격하면 삶에 대한 크고 작은 의문을 품기도 했으니 말이다. 특히 동네 미용실

같은 곳에서.

여하튼 이야기의 내용은 다음과 같다.

덜컹거리는 기차 안. 창밖을 응시하던 중년 사내가 돌연 "여보, 들판은 초록빛이네!"라고 외쳤다. 남편을 흐뭇하게 바라보던 아내가 미소를 지으며 대꾸했다. "맞아요. 제대로 봤네요. 여보!"

사내는 흥에 겨운 듯 말을 이었다. 창밖으로 스쳐 지나가는 장면 하나하나가 사내의 눈에는 새로운 것처럼 보이는 듯했다.

"와, 태양은 불덩어리 같고, 구름은 하얗고, 하늘은 파랗고…."

승객들은 사내의 행동이 수상하다는 투로 웅성거리기 시작했다. 오지랖 넓은 승객 하나가 슬쩍 다가오더니 손으로 입을 가린 채 아내에게 귀엣말을 건넸다. "아주머니. 남편 좀 병원에 데려가요. 상태가 좋지 않은 것 같네요."

객차 안에는 어색한 정적이 감돌았다. 다들 사내의 아내가 어떤 대답을 내놓을지 궁금해하는 것처럼 보였다. 한 승객은 딱하다는 투로 빈정거렸다. "맞아. 맞아.

정상이 아닌 것 같아."

아내는 사람들의 이 같은 시선과 반응을 예상이라도 했다는 듯 덤덤하게 입을 열었다.

"사실 제 남편은 어린 시절 사고로 시력을 잃었어요. 최근에 각막을 기증받아 이식 수술을 받았고 오늘 퇴원하는 길이랍니다. 이 세상 모든 풍경이, 풀 한 포기가, 햇살 한 줌이 남편에겐 경이로움 그 자체일 겁니다."

대지에 발을 붙이고 사는 사람치고 사연 없는 이가 없다.

아무리 보잘것없는 몸뚱어리의 소유자라 할지라도 우주만 한 크기의 사연 하나쯤은 가슴속 깊이 소중하게 간직한 채 살아가기 마련이다.

다만, 그러한 사정과 까닭을 너그럽게 들어줄 사람이 많지 않은 게 현실인 듯하다. 우리 마음속에 그럴 만한 여유가 없기 때문일까, 아니면 우리 가슴에 그 무엇으로도 메울 수 없는 커다란 구멍이 나 있기 때문일까. 가끔은 아쉽기만 하다.

●

가장자리로 밀려나는 사람들

온종일 비가 추적추적 내려서 마음마저 축 가라앉은 날이었다. 예닐곱 살쯤 돼 보이는 여자아이가 아버지와 함께 우산을 쓰고 걸어가는 모습이 눈에 들어왔다.

비 오는 날, 어린 자녀와 부모가 우산을 맞잡은 모습을 뒤에서 지켜보면, 부모라는 존재의 역할과 숙명에 대해 생각하게 된다.

자녀가 어린 경우 웬만한 부모는 아들딸이 비 맞지 않도록 우산을 자식 쪽으로 가져간다. 그러면 아이는 부모를 올려다보며 묻는다.

"아빠, 옷 젖었어?"
"아니…."

거짓말이다. 부모의 한쪽 어깨는 이미 흠뻑 젖어 있다.

자식이 세상 풍파를 겪을수록 빗줄기는 굵어지고 축축한 옷은 납처럼 무거워진다. 그러는 사이 부모는 우산 밖으로 밀려난다. 조금씩 조금씩, 어쩔 수 없이.

헤아림 위에 피는 위로라는 꽃

"모두가 귀가할 무렵 문을 열지. 손님이 있느냐고? 생각보다 많아."

아베 야로의 동명 만화를 영화화한 '심야식당'은 주인장 마스터의 중저음 내레이션으로 문을 연다.

영화 '심야식당'에는 막장 드라마에서 흔히 볼 수 있는 분노와 복수의 요소가 없다. 게다가 극의 전개 속도가 한없이 느린 탓에 영화를 보는 내내 감칠맛을 내는

MSG를 한 숟가락도 넣지 않은 요리를 천천히 먹는 것 같았다. 다른 한편으론, 간이 안 된 콩나물국처럼 싱거운 결말과 온돌방 같은 따듯함이 이 영화의 미덕이 아닐까 하는 생각도 했다.

그러고 보면, 세상에는 특별하지 않아서 특별한 것이 참 많은 듯하다.

해가 지고 상점마다 불을 밝히는 늦은 밤, 일상에 지친 이들이 무거운 몸을 이끈 채 낡은 미닫이문을 드르륵 열고 뒷골목 후미진 곳에 있는 식당으로 들어온다.

사랑을 잃은 여자, 꿈을 잊은 젊은이, 새로운 사랑을 갈구하는 남자는 자리에 앉자마자 한숨을 내쉬며 넋두리를 늘어놓는다. 그들은 마스터의 '입'이 아닌 '귀'를 원하는 것처럼 보인다.

마스터는 주변에서 흔히 볼 수 있는 재료로 음식을 준비한다. 작은 화로를 이용해 마밥을 끓이고 케첩 소스를 뿌린 스파게티를 접시에 올린다. 허름한 식당에 옹기종기 모인 이들은 가족과 친구, 좋은 사람과 나누었던 시간과 추억을 한데 버무린다.

그리고 삼킨다.
그리움을 먹는다.
그렇게 허기를 달래고
그곳에서 마음도 달랜다.

사실 마스터는 그리 친절한 주인장은 아니다. 단골이 아니면 좀처럼 알아채기 힘든 미소를 보이며 팔짱을 낀 채 손님을 맞이한다. 말수도 적다. 정확히 말하면, 말을 아낀다.

누구보다 굴곡진 삶을 견뎌온 듯한 그는 상대의 말을 자르거나 함부로 조언을 남발하지 않는다. 차분히 귀를 기울이며 "늘 먹던 거로?" 같은 말로 덤덤하게 대꾸할 뿐이다.

주위를 둘러보면 영화 속 마스터처럼 깊은 상처가 있을 법한 사람들은 타인을 향해 섣부른 위로를 하지 않는 듯하다.

그들은 위로를 정제한다. 위로의 말에서 불순물을 걸러낸다고 할까. 단어와 문장을 분쇄기에 넣은 뒤 발효와 숙성을 거친 다음 입 밖으로 조심스레 꺼내는 느낌이다.

위로의 표현은 잘 익은 언어를 적정한 온도로 전달할 때 효능을 발휘한다. 짧은 생각과 설익은 말로 건네는 위로는 필시 부작용을 낳는다.

"힘 좀 내"라는 말만 해도 그렇다. 이런 멘트에 기운을 얻는 이도 있을 테지만 그렇지 않은 사람도 있다. 힘낼 기력조차 없는 사람 입장에선 "기운 내"라는 말처럼 공허한 것도 없다. 정말 힘든 사람에게 분발을 종용하는 건 위로일까, 아니면 강요일까.

동사 알다知가 명사 알卵에서 파생했다고 한다. '아는 행위'는 사물과 현상의 외피뿐만 아니라 내부까지 진득하게 헤아리는 걸 의미한다.

이를 사람에 대입해 봤으면 한다. 우린 늘 누군가를 안다고 입버릇처럼 말한다. 한두 번 대화를 나누거나 우연히 겸상한 뒤 "그 친구 말이야" "내가 좀 알지"라는 식으로 쉽게 내뱉는다.

하지만 제한된 정보로는 그 사람의 진면목은 물론 바닥도 알 수 없는 법이다. 상대의 웃음 뒤 감춰진 상처를 감지할 때, 상대방이 좋아하는 것뿐 아니라 싫어하는 것까지 헤아릴 때 "그 사람을 좀 잘 안다"고 겨우 말할 수 있지 않을까.

위로는,
헤아림이라는 땅 위에
피는 꽃이다.

상대에 대한 '앎'이 빠져 있는 위로는 되레 더 큰 상처를 주기도 한다. 상대의 감정을 찬찬히 느낀 다음, 슬픔을 달래 줄 따뜻한 말을 조금 느린 박자로 꺼내도 늦지 않을 거라고 본다.

내가 아닌 우리를 위한 결혼

몇 해 전, 늦장가를 간 선배가 있다. 선배는 깐깐한 남자였다. 최고의 신붓감을 찾기 위해 최고의 결혼정보업체에 가입했고 주말마다 최고급 호텔에서 선을 봤다.

하지만 상대의 장점보다 단점부터 들추는 버릇 때문인지 조건에 맞는 상대를 만나지는 못했다.

덕분에 어느 동네에 어떤 호텔이 있는지, 어느 호텔 커피숍의 전망이 좋은지 같은 잡다한 지식만 머릿속에 집어넣었다.

선배가 짝 찾기 모험을 멈추려던 찰나, 즉 짚신도 짝이 있는데 짝이 없는 나는 짚신만도 못한 게 아닌가 하는 자괴감에 빠지려던 순간이었다. 그는 경력직으로 회사를 옮겼고 그곳에서 동료 여직원을 보자마자 한 번도 느껴본 적 없는 낯선 감정에 빠져들었다.

사내 연애를 시작한 그는 반년 만에 결혼에 이르렀다. 이직을 통해 일터와 신붓감을 모두 얻었으니, 화투에서 한 번에 피 두 장을 따는 일타쌍피一打雙皮를 몸소 실천한 셈이다.

결혼식 직후 선배는 의기양양한 표정으로 소회를 밝혔다. 그의 발언에서 나는 약간의 허세와 오글거림과 순수함과 나름의 진정성을 느낄 수 있었다.물론 선배 옆에 신부가 있었다는 점을 고려해야 한다.

"와줘서 정말 고마워. 결혼 생활을 아직 해보지 않아서 결혼이 미친 짓인지 아닌지 아직 잘 모르겠어. 하하, 내가 쓸데없는 소리를 했나. 이건 못 들은 거로 해줘. 다만 전에는 '나'를 위한 결혼을 하려 했던 것 같아. 이 여자를 만나게 되면서 비로소 '우리'를 위한 결혼을 생각하게 됐지. 내가 아닌 우리를 위한…."

마모의 흔적

어느 포근한 봄날이었다. 집 근처에 있는 타이어 전문점에 들렀다. 문을 열고 들어서자 20대 중반쯤 돼 보이는 엔지니어가 "어서 오세요" 하며 반갑게 인사했다. 청년의 이마와 콧등에 송골송골 땀이 맺혀 있었다.

타이어를 갈아 끼는 모습을 호기심 어린 눈으로 지켜보다 불쑥 말을 걸어봤다. 불현듯 궁금증이 떠올랐기 때문이다.

"저, 실례합니다. 여쭈어보고 싶은 게 있는데요. 타이어 보면 어떤 생각 드시나요?"

"네?"

"그러니까, 타이어가 운전자랑 닮았다거나, 뭐 그런…."

"아, 그럼요. 전 타이어만 봐도 운전자가 어떤 사람인지 알아요."

"정말요?"

"네, 타이어의 마모磨耗 상태에 따라 고객의 운전 습관이나 성향을 미루어 짐작하곤 해요. 원래 타이어의 정식 명칭은 러버 휠rubber wheel이었다고 해요. 고무바퀴라는 뜻이죠. 그런데 언제부터인가 다들 '타이어'라고 불러요. 왜일까요. 자동차 부품 중 가장 피곤한tired 게 타이어라는 거죠."

"아하, 재미있네요."

"예, 그런데 운전하면서 자동차의 발에 해당하는 타이어를 참 피곤하게 만드는, 피곤한 운전자가 많아요. 운전에 '3급'이라는 게 있어요. 급출발, 급가속, 급정지인데요. 이걸 밥 먹듯이 하는 운전자들은 성격이 삐딱하고 과격한 경향이 있는 것 같아요. 그들이 끌고 온 차량을 살펴보면 아니나 다를까 타이어 상태가 엉망이라니까요."

"아, 그렇게 볼 수도 있겠군요."

타이어를 교체하고 집으로 돌아오면서 청년의 말을 되씹었다. 그리고 그의 말에, 내 삶을 비춰봤다.

나는 자동차 타이어에 어떤 자국을 새겨 놓았을까. 마모된 흔적을 복원하면 내가 지나온 길과 그 여정에서 취한 삶의 태도를 짚어볼 수 있을까.

청년의 증언처럼, 사람 성격은 아주 사소한 데서 드러나는 법이다. 그건 감추려 해도 감출 수 없고 즉흥적으로 변조變造할 수도 없다. 이러한 이치는 우리네 일상뿐만 아니라 사물의 본질과 삼라만상에 꽤 깊이 관여하고 있는지도 모른다.

본질은 다른 것과 잘 섞이지 않는다. 쉽게 사라지지 않는다. 언젠가 의도하지 않은 순간에 엉뚱한 방식으로 드러나곤 한다.

여행을 직업으로 삼은 녀석

077 여행은 인간의 본능이다.

어디론가 떠나려는 욕망은 우리 유전자 안에 각인돼 있으며 인류 문명사는 이동의 역사라고 해도 과언이 아니다. 각박한 현실 탓에 여행에 대한 욕구를 억누른 채 살아갈 뿐.

삶의 터전을 잠시 떠나는 건 여러모로 의미가 있다. 여행자는 낯선 길에서 걸음을 뗄 때마다 새로운 사람과 풍경을 만난다. 그 과정에서 '새로운 나'를 마주하기도 하고, 운전할 때 백미러후사경를 통해 지나온 길을 살피듯 삶의 궤적을 슬며시 되짚어볼 수도 있다.

후지와라 신야라는 일본 작가는 여행에 대한 색다른 시각을 제시한다. 여행지에서 날것의 풍경을 건져 올려 기록하는 작가로 유명한 그는 아무런 정보 없이 훌쩍 길을 떠날 것을 권유한다.

"전 구체적인 계획을 세우지 않고 여행길에 오릅니다. 또한, 눈으로 얻는 정보를 경계하고 본질을 보려고 노력해요. 예를 들어, 인도 여행을 할 때 갠지스 강에 대한 지식을 사전에 공부하고 가는 게 도움이 될까요? 그 반대일 수도 있을 겁니다. 때론 백지상태에서 아기의 눈으로 바라보세요. 그래야 본질이 보입니다."

돌연히 떠오르는 기억이 있다. 대학 4학년 때다. 동아리방에 모인 졸업반 학생들이 심각한 표정으로 각자 업業으로 삼고 싶은 직업을 늘어놓았다.

종종 언론에서 발표하는 대학생 취업 선호도 분포와 크게 다르지 않았는데, 한 녀석은 창밖으로 펼쳐진 풍경을 지그시 바라보다 "난 여행을 직업으로 할 거야"라며 조금 생뚱맞은 대답을 내놓았다.

우린 녀석의 계획을 듣고는 "하하, 그래. 네 맘대로 해. 대신 여행지에서 엽서나 보내" 하고 껄껄대며 웃었다.

그때 친구들이 터트린 폭소는 녀석의 계획을 깎아내리는 비웃음이 아니라 오히려 너만큼은 그렇게 살았으면 좋겠다는 당부와 격려의 환호성이었던 것 같다. 우린 친구의 성이 정 씨라는 점에 착안해 '인디아나 정스'라는 별명도 붙여주었다.

몇 년 뒤 친구와 어렵사리 연락이 닿았다. 돈이 모이면 훽 하고 파리로, 프라하로 떠난다고 했다. 그곳의 공기를 마시며 살고 있다고 했다.

녀석은 '난 충분히 잘 살고 있어. 걱정하지 마'라는 이야기를, 프랑스 작가 프랑수아즈 사강의 책에 나오는 문장을 인용하며 우회적으로 드러냈다.

다들 꿈을 잃어버렸다고 자조하기 분주한 세상이지만, 그 친구만큼은 본인이 내뱉은 말을 실행에 옮기며 살아가고 있는 듯했다. 녀석은 말했다.

"기주야, 나는 아주 오래전부터 이곳에 오는 꿈을 꾸었던 것 같아…."

노력을 강요하는 폭력

채찍질이란 뜻의 '위플래쉬'라는 영화가 있다. 제목 그대로 채찍을 휘둘러대는 영화다. 스승이 제자에게, 감독이 관객에게.

저예산 영화인 데다 줄거리도 비교적 단순하다. 최고의 재즈 드럼 연주자가 되려는 대학 신입생 앤드루가 교내 밴드에 합류한다. 지도 교수는 스파르타식 교육으로 악명이 높은 플래처.

플래처 교수는 칭찬이 재능과 꿈을 좀먹는다고 여기는 사람이다. "그만하면 잘했어good job"라는 표현을 가장 혐오하는 그는 학생들의 달팽이관에 채찍질하겠다는 듯 연습 도중 온갖 폭언을 날린다. 누군가 작은 실수라도 저지르면 "박자가 틀렸어" "바보" "멍청이"라고 으르렁댄다.

그가 자신의 혀로 휘두르는 채찍은 제자들의 귀뿐만 아니라 자존심을 후려친다.

누군가 내게 "플래처 교수처럼 학생을 극한까지 몰아붙이더라도 잠재력을 끄집어내기만 한다면 뭐 그만 아닌가요?" 하고 묻는다면, 난 "반대일세"라고 답할 것이다. 노력은 스스로 발휘할 때 가치가 있다. 노력을 평가하는 일도 온당하지 않다.

일 때문에 연락하는 사람 중에, 종종 내 노력에 등급을 매기려는 이들이 있다. 그런 관심은 정말이지 부담스럽다.

상대가 부담스러워하는 관심은 폭력에 가깝고 상대에게 노력을 강요하는 건 착취에 가깝다고, 나는 생각한다.

영화에서 기억에 남는 장면이 하나 있다. 앤드루가 사촌과 성공의 기준을 두고 언쟁을 벌이자, 이를 못마땅하게 여긴 아버지가 한마디 쏘아붙인다. "서른넷에 빈털터리가 되고 술과 마약에 취해 죽는 게 성공이라고 할 수 없지. 안 그래?"

유명 재즈 연주자인 찰리 파커 앤드루가 선망하는 인물 의 삶을 빗대, 드럼 연주자가 되겠다는 아들의 꿈을 에둘러 평가절하한 것이다. 그러자 앤드루가 눈을 부릅뜨고 대든다.

"전 서른넷에 죽더라도 사람들이 두고두고 이야기하는 사람이 될 겁니다!"

영화라서 가능한 멘트였으리라. 뭐, 그렇다 해도 이 얼마나 순수하고 절박한 대사인가. 영화는 우리가 현실에서 감히 토해내지 못하는 말을 대신해주는 것 같다.

그뿐이랴. 게다가 어떤 영화는, 어두운 방에서 문을 열면 빛이 들이닥치는 것처럼, 순식간에 어린 시절 기억을 되살려내 마구 솟구치게 한다.

영화를 관람하고 극장을 나서는 순간, 마음 한구석에 은밀하게 숨겨놓았던 스위치 같은 게 '딸각' 하고 들어오는 이유도 여기에 있지 않나 싶다.

솔로 감기 취약론脆弱論

인간은 외로움에 사무치면 자신의 그림자라도 부둥켜 안고 살아가야 하는 존재라고, 사랑을 줄 대상을 찾지 못해 감정을 마음에 담아두기만 하면 어느 순간 곪는다고 강변하는 친구 A가 있다.

하지만 세상에서 가장 어려운 일이, 말을 행동으로 옮기는 일이다. A도 마찬가지. 녀석은 지구촌 축제인 올림픽이 세 번 열리는 동안에도 연애다운 연애를 한 번도 경험하지 못했다.

호감에서 출발한 감정이 사랑에 도달하지 못하고 신기루처럼 사라질 때마다, A는 에드바르 뭉크의 그림 '절규'에 나오는 사내처럼 양손으로 얼굴을 부여잡고 비명을 질렀다고 한다.

녀석은 술자리에서 늘 구시렁댔다. 연애하고 싶은데, 정말이지 연애를 하고 싶은데 그게 잘 안 된다고. 그런 녀석이 줄기차게 주창하는 이론이 있다.

이름하여 '솔로 감기 취약론'이다. 연애와 건강은 떼려야 뗄 수 없는 불가분의 관계에 있다는 게 핵심이다.

"연애는 단순히 감정을 나누는 행위가 아니야. 심리적 안정과 스트레스 해소는 물론 체내 면역력 강화에도 도움을 주지. 나를 봐. 연애를 못 해서 감기와 함께 살다시피 하잖아. 솔로가 감기에 취약脆弱한 게 분명해."

참으로 '어설픈', 아니 '서글픈' 이론이다.

게다가 치명적인 오류가 있다. 육상경기에서 바통 터치를 하듯 끊임없이 연애 상대를 갈아치우는 사람도 잔병에 시달리는 경우가 적지 않다. 이런 사례는 어떻게 설명해야 할까?

내 우문愚問에 말려든 녀석은 즉각 우답愚答을 내놓았다.

"그건 아주 간단해. 바람을 피워서 그런 거야. 배우자나 연인에게 외도 사실을 들키지 않을까 노심초사하는 사람치고 스트레스를 받지 않는 사람이 없지. 스트레스가 건강에 해롭다는 것은 새삼 말할 필요도 없겠지? 면역력도 감퇴할 테고. 아주 쉽지?"

말도 안 되는 주장이다. 단, A는 늘 외롭다고 호소한다. 그리고 사시사철 감기를 달고 산다.

분주함의 갈래

뉴스를 봤다. 지나친 교육열 때문에 아이들의 삶의 질이 바닥을 치고 있다는 얘기였다. 학원에 다니느라 밤 10시가 훌쩍 넘어서 귀가하는 초등학교 학생에게 기자가 마이크를 들이댔다. "부모님과 대화할 시간은 있어요?"

아직 어른들의 보살핌이 필요해 보이는 꼬마 아이는 뻔히 알면서 왜 물어보는 거죠, 하는 표정을 지어 보이며 당돌하게 대꾸했다.

"대화요? 그럴 시간이 없죠. 저도 바쁘고 부모님도 바빠요."

하긴, 한창 뛰어놀 아이들은 학원에 가느라 바쁘고 학원비를 마련해야 하는 부모는 부모대로 바쁜 게 현실이니 당연히 그럴 성싶었다.

나이가 들수록 시간에 얽매이고 또 지배당하는 건 나도 마찬가지다. 오늘은 종일 "바쁘다"는 말을 입에 달고 다닌 것 같다. "바빠서 못해" "시간이 부족해" 같은 어법을 별로 좋아하지 않지만 오늘은 그 바쁨에 지고 만 것이다.

특히 난 제한 시간이 정해져 있는 일원고 마감 등을 처리할 때면 그 시간에 쫓기는 기분이 든다. 시간과 추격전을 벌이다가 막다른 길에서 붙잡히는 느낌이 들면 스스로가 참 못마땅하다.

그리고 가끔은 뭐가 뭔지 갈피를 못 잡겠다. 정말 바쁜 것인지, 아니면 '바쁘다'는 걸 누군가에게 알리고 싶은 것인지….

가만히 생각해보면 분주함에도 갈래가 있는 듯하다. 일을 하는 과정에서 방법을 찾기 위해 분주한 경우가 있고 핑계를 찾다 보니 분주한 때도 있다. 오늘 하루, 난 어떤 색깔의 분주함 때문에 "바쁘다"는 말을 쏟아냈을까.

희극과 비극

청주시 오송역에서 기차를 타고 이동하고 있었다. 다른 소리를 용납하지 않을 것만 같은 압도적인 소음이 열차에 울려 퍼지기 시작했다.

앞자리에 앉은 사내가 주변 사람들이 다 들을 수 있을 정도의 큰 소리로 전화 통화를 하고 있었다. 기차 속도에 비례해서 그의 목소리 데시벨도 줄기차게 상승했다. 사내의 입에 '부부젤라' 같은 응원 도구를 이식해 목소리를 증폭하는 게 아닐까 하는 생각이 들 정도였다.

사내는 통화 상대에게 잔뜩 화가 난 듯했다. 한 시간 가까이 열과 성을 다해 말을 이어갔다.

난 그의 목소리를 억지로 들으며, 현역 시절 지칠 줄 모르는 체력과 폭넓은 활동량으로 그라운드를 누볐던 박지성 선수를 연상했다. 사내의 지구력에 박수를 보내고 싶었다.

어쩔 수 없이 통화 내용도 엿듣게 됐다. 그가 토해내는 모든 얘기가 내 귀로 날아들었다.

"그 친구는 남을 배려할 줄 몰라!"

뭐, 대충 이런 내용이었다. 음, 본인에게 하는 말인가. 그렇다면 통화를 하면서 자아 성찰까지 하는 것인가. 급기야 사내는 통화 막바지에 폭발적인 고음을 자랑하는 가수가 샤우팅을 하듯 우렁찬 목소리로 외쳤다.

"난 말이지 똑같은 말 되풀이하지 않는 사람이야. 난 말이지 똑같은 말 되풀이하지 않는 사람이야!"

난 이 문장이 왜 이리 웃기던지, 웃음을 참느라 혼이 났다. 희극적 요소가 다분하지 않은가. "똑같은 말을 되풀이하지 않아"라는 말을 되풀이하다니. 역시 사람은 흥분하면 자신이 내뱉는 말과 행동을 비교하거나 대조하지 못하는 법이다.

다만 한편으론 사내가 처한 상황을 알지 못하는 내가 그를 일방적으로 비난하는 건 도의적으로 문제가 있다는 생각도 들었다.

그래서 그의 모든 행동이 어쩌면 포스트모더니즘에 입각해 현대인의 비극적 자화상을 고발하는 행위 예술일지도 모른다는, '꿈보다 해몽' 식의 상상을 하며 가방에서 이어폰을 꺼내 귀에 꽂았다.

찰리 채플린이 그랬던가. 세상사는 멀리서 보면 희극이지만 가까이서 보면 비극이라고. 그 말이 새삼 무겁게 다가온다.

자신에게 어울리는 길

단편소설의 거장으로 꼽히는 안톤 체호프가 쓴 희곡 중에 '벚꽃 동산'이란 작품이 있다. 19세기 러시아 봉건 귀족 사회가 붕괴하고 신흥 부르주아가 부상하는 과정을 날카롭고 처연하게 그린 작품이다.

몰락한 지주 라네프스카야는 호화로운 파리 생활을 청산하고 가족과 함께 고향으로 돌아온다. 하지만 남은 거라곤 곧 경매에 부쳐질 벚꽃 동산뿐이다.

하필 왜 벚꽃 동산일까. 안톤 체호프는 어떤 이유에서 벚꽃 동산을 희곡의 무대로 삼은 것일까. 내 생각은 이렇다. 한껏 흐드러지게 피다가 일순간 꽃비를 흩뿌리며 사라지는 벚꽃이, 짧디짧은 우리네 인생과 닮았기 때문이 아닐는지.

경제적으로 궁핍해진 친척들이 라네프스카야에게 변화를 강요하면서 이야기의 갈등이 고조되고 극은 막바지로 치닫는다. 그녀의 친척과 주변 사람들은 말한다. 어서 꿈에서 깨어나 현실을 직시하라고, 그래야 살아남는다고.

하지만 과거에 갇혀 사는 라네프스카야의 귀에 이런 조언이 들릴 리 없다. 결국 그녀는 시대의 흐름에 적응하지 못하고 영지를 떠나게 된다. 벚꽃 나무가 잘려나가는 소리를 뒤로한 채.

연극을 본 뒤 감정이입을 해봤다. 내가 그녀였다면 어떤 결정을 내렸을까. 그녀의 터전인 동산을 갈아엎어 재개발을 추진하거나 해당 지자체 도시계획위원회에 놀이동산으로 용도 변경을 신청했을까.

살다 보면 누구나 낡은 것과 새로운 것 사이에서 고민해야 하는 선택의 기로에 들어서기 마련이다.

하지만 안타깝게도, 뱅뱅사거리나 세종로사거리와 달리 인생의 사거리는 불친절하기 짝이 없다. 이정표가 존재하지 않는다.

안내판이 없다는 건 그릇된 길로 들어서면 불행의 나락으로 떨어질 수 있다는 의미보다는, 애초에 길이 없으므로 어디든 갈 수 있다는 뜻에 가까울 것이다.

정해진 길이 없는 곳을 걸을 때 중요한 건 '솔직함'이 아닐까 싶다. 눈치와 코치에만 연연하다 재치 있는 결정을 내리기는커녕 삶을 그르치는 이들을 나는 수없이 봐 왔다.

가끔은 마음속에 도사리고 있는 내 욕망과 상처를 끄집어내 현미경 들여다보듯 꼼꼼하게 관찰해봄 직하다.

솔직히 말해, '솔직하기' 참 어렵지만 그래도 시도는 해 봐야 한다. '남'을 속이면 기껏해야 벌을 받지만 '나'를 속이면 더 어둡고 무거운 형벌을 당하기 때문이다.

후회라는 형벌을….

원래 그런 것과 그렇지 않은 것

"원래 그런 거라니까!"

학창시절은 물론이고 졸업 후 사회생활을 시작하면서 귀에 딱지가 앉도록 듣는 말이다.

신통한 문장이다. 마법의 지팡이 같은 이 한마디가 모든 상황을 단번에 정리한다. 상대가 아무리 얼토당토않은 궤변을 쏟아내도 웬만해선 토를 달 수 없다. "그게 아닌 것 같은데요?" 하고 이의를 제기하는 순간 자칫 엉뚱하고 삐딱한 사람으로 인식되거나, 항명抗命 파동을 일으킨 장본인으로 낙인찍힐 수 있기 때문이다.

"원래 그렇다"는 표현에 익숙한 우리는 질문에도 익숙하지 않은 것 같다.

수업 시간만 해도 그렇다. 교사도, 학생도 질문을 독려하지 않는다. 질문도 안 했는데 답을 먼저 가르쳐준다. 그래서 답만 열심히 외운다. 어쩌다 "궁금한 것 있나요?" 하고 질문을 받으면 선생님의 시선을 외면하기 바쁘다.

궁금한 게 생긴다. 왜 우리는 질문을 아끼는 걸까. 궁금한 게 별로 없는 걸까, 아니면 궁금한 내용을 표현하는 데 서툰 것일까.

어쩌면 "원래 그러니까"를 남발하는 문화와 관련이 있을지 모르겠다. 경험과 준칙을 강조하는 화법에는 '정답은 이미 정해져 있다'는 전제가 깔리기 마련이고, 그런 심리는 다른 해석과 호기심을 원천 차단한다. 이는 최근 '답정너'라는 신조어로 진화했다. 답은 이미 정해져 있으니 너는 대답만 하면 된다는, 뭐 그런 논리다.

질문을 허용하지 않는 문화가 외부로 향하는 건 그렇다

치자. 문제는 그런 태도가 내부로 향할 때다. 질문하는 법을 잃어버린 이들에게 선택지는 크게 두 가지인 듯하다.

순응 아니면 체념이다.

특히 체념은 슬픈 단어다. 국어사전에 실린 체념諦念의 정의는 이렇다. '희망을 버리고 아주 단념하는 것.'

무서운 이야기다. 희망을 삼켜버린다니…. 이런 까닭에 오지 탐험 전문가들은 다음과 같은 이야기를 곧잘 한다.

"조난자를 죽음으로 내모는 건 식량 부족도 체력 저하도 아닙니다. 조난자는 희망을 내려놓는 순간 무너집니다. 체념은 삶에 대한 의지까지 꺾습니다."

세상이 변해도 너무 빨리 변한다. 하룻밤 자고 일어나면 다음 날이 낯설기까지 하고, 심지어 옳음과 그름의 기준도 시시각각 변한다.

정답은 없다. 아니, 모두가 정답이 될 수 있고 모두가 오답이 될 수도 있다. 복잡한 사실과 다양한 해석만 존재할 뿐이다. 사정이 이러한데 세상에 '원래 그러한 것'이 얼마나 되겠는가. 그렇지 않은 경우가 더 많다. 삶도, 사람도 그리 단순할 리 없다.

이쯤에서 이런 반론이 나올지도 모르겠다. "어느 날 갑자기 의문을 품는다고 해서 모든 고민이 풀리는 건 아니잖아요?"

맞다. 질문만으로 현실의 문제를 일시에 해소할 수는 없다. 다만 질문은, 답을 구하는 시도만을 의미하지 않을 것이다. 정말 좋은 질문은, 무엇이 문제인지 깨닫게 한다. 그리고 문제를 인식하는 순간이야말로 문제를 해결하는 첫 번째 발판인지 모른다.

사람은 누구나 가슴속에 낙원을 품고 살아간다. 우리는 그것을 꿈이라고 부른다. 낙원에 도달하려면 일단 떠나야 한다. 어떻게? 호기심이라는 배에 올라 스스로 물음을 던지고 자신만의 길을 찾는 수밖에.

돌이켜보면, 내 내면에서 스멀스멀 피어올랐던 질문처럼 절박하고 명확한 것도 없었던 것 같다. 그리고 그걸 따라가는 과정에서 널찍한 신작로는 아니지만 나만의 샛길을 발견하곤 했다.

호기심이 싹틀 때 "원래 그렇다"는 말로 억누르지 않았으면 한다. 삶의 진보는, 대개 사소한 질문에서 비롯된다.

한 해의 마지막 날

•

달력을 뜻하는 영어 단어 'calendar'의 어원은 라틴어 칼렌다리움calendarium이다. '회계장부' '빚 독촉' 정도의 의미가 있다.

고대 로마에선 채무자가 매월 초하루에 이자를 갚았다고 한다. 갚아야 할 빚이 많은 사람은 회계장부를 한 장 한 장 넘기고 새로운 달을 맞이할 때마다 뭔가에 쫓기는 듯한 기분을 지울 수 없었을 것이다.

슬쩍 달력을 올려다봤다. 나는 이 원고를 2015년 마지막 날에 쓰고 있다. 오늘 자정, 서울 종로의 보신각 종소리는 어김없이 텔레비전 중계 화면을 타고 전국에 울려 퍼질 것이다.

방송국 아나운서는 "2015년이 저물어 갑니다. 이렇게 또 한 해가 간다고 생각하니 조금 허무하기도 하네요"라는 상투적인 멘트로 방송을 시작할 테고, 라디오에선 "해가 저무는 끝자락에선 지난 일 년을 돌아보는 게 어떨까요…"라는 클로징 멘트로 끝을 맺을 것이 분명하다.

그래, 철저한 자기반성은 피가 되고 살이 된다. 숙연한 자세로 과거를 되씹어 봄 직하다. 하지만 지나친 자기 비하나 부정은 희망의 싹을 아예 잘라버리는 법. 한 해의 마지막 날을 비관주의로 물들일 필요는 없다고 본다.

이 정도면 애썼다고, 잘 버텼다고, 힘들 때도 있었지만 무너지지 않아 다행이라고. 그러면서 슬쩍 한 해를 음미하고 다가오는 새해를 내다보는 것도 그리 나쁘지 않으리라.

참, 해마다 이맘때가 되면 어느 선배가 술자리에서 남긴 말이 떠오른다. 일종의 말장난 같기도 했지만, 그가 얼큰하게 취해 뇌까린 문장이 며칠이나 귓가에 감돌았다.

"기주야, 인생 말이지. 너무 복잡하게 생각하지 마. 어찌 보면 간단해. 산타클로스를 믿다가, 믿지 않다가, 결국에는 본인이 산타 할아버지가 되는 거야. 그게 인생이야."

더 주지 못해 미안해

지난겨울 주말이었다. 밀린 업무로 정신이 없었다. 창밖을 내다봤더니 밤새 내린 눈이 얼어붙으면서 전국의 도로가 태릉 아이스링크 비슷하게 변해 있었다. 추위도 기승을 부렸다. 두꺼운 옷을 껴입어도 칼바람에 한기가 느껴질 정도였다.

그날 오후, 어머니가 급한 볼일이 생겨 외출하셨는데 날이 저물도록 돌아오지 않으셨다. 안 되겠다 싶어 무작정 차를 몰고 길을 나섰다. 전화기를 들었다. "지금 어디에 계세요?"

버스정류장에서 추위에 떨고 있는 어머니와 연락이 닿았다. 잠시 뒤 꽁꽁 얼어붙은 몸을 이끌고 어머니가 힘겹게 차에 오르면서 작은 소리로 입을 열었다.

"미안하구나, 기주야…."

부모는 참 그렇다. 아침저녁으로 밥을 차려주고, 자신의 꿈을 덜어 자식의 꿈을 불려주고, 밖에서 자신을 희생해가며 돈을 벌어다 주고, 그렇게 늘 줬는데도 자식이 커서 뭔가 해드리려 하면 매번 "미안하다"고 말한다.

단지 받는 게 미안해서가 아닐 것이다. 더 주고 싶지만 주지 못하니까, 그래서 부모는, 자식을 향해 "미안하다"고 입을 여는 게 아닐까.

난 어머니의 말을 듣고도 못 들은 체하며 콜록콜록 공연한 기침만 해댔다. 어떤 말은 일부러 못 들은 척해서 그냥 공중으로 날려버려야 한다. 굳이 민망하게 두 번 세 번 주고받으며 서로의 심경을 확인할 이유가 없다. 괜스레 마음만 더 아프다.

나는 어머니가 흘린 말의 무게가 너무 무겁게 느껴졌

다. 차디찬 빙판길에 '미안'이란 단어를 내동댕이치고 싶은 심정이었다. 그날 난 자동차 히터를 더 크게 트는 일밖에 하지 못하였다. 어머니의 "미안하다"는 말이 시끄러운 히터 소리에 묻혀버리도록….

부모와 자식을 연결하는 끈

집 근처에 조금 느린 아이들아픈 게 아니라 조금 느릴 뿐, 그러니까 발달 장애 아이들의 재활을 돕는 학교가 있다. 학교 앞 정류장은 등하교 시간이 되면 수업을 마친 학생과 학부모가 한꺼번에 몰려 북새통을 이룬다.

하루는 그곳에서 버스를 기다리고 있었는데, 멀리서 뚜벅뚜벅 걸어오는 모자母子의 모습이 눈에 들어왔다. 난 한 손으로 햇빛을 가리고 두 사람의 걸음새를 좀 더 들여다봤다.

자세히 보니 서로의 몸을 얇은 끈으로 연결한 채 걷고 있었다. 끈은, 줄넘기 줄 같기도 했고 등산용 밧줄 같기도 했는데, 한쪽은 학생의 왼손에 동여매져 있었고 다른 한쪽은 어머니 오른손에 칭칭 감겨 있었다.

왜 그런 거지? 고개를 갸웃했다. 궁금증은 이내 풀렸다. 아들을 향한 어머니의 외침에서 그들의 사정을 어렴풋이 짐작할 수 있었다.

"찻길로 내려가면 안 돼!"

어머니는 아들과 의사소통하는 데 애를 먹는 듯했다. 길거리에서 아들의 동선動線을 통제하기 위해 어쩔 수 없이 끈으로 몸을 동여맨 것이 아닐까, 싶었다.

일순, 임신부의 자궁 안에서 편안히 휴식을 취하는 태아의 모습이 내 머릿속에 그려졌다. 태아는 탯줄을 통해 영양을 공급받는다. 자궁 밖으로, 세상으로 나오는 과정에선 그 줄을 끊어내야 한다.

하지만 내가 목격한 어머니와 아들은 서로의 몸뚱어리를 여전히 탯줄로 연결하고 있는 것처럼 보였다. 아직은 서로에게서 떨어질 수 없다는 듯.

잠시 뒤 나는 버스에 올랐다. 차가 출발하자 나와 모자 사이의 거리가 점점 멀어졌다. 멀리서 바라본 어머니와 아들의 흐릿한 실루엣은, 서로의 몸을 생명줄로프로 연결한 채 만년설로 뒤덮인 히말라야의 어느 기슭에서 대자연과 맞서고 있는 산악인들의 모습을 연상하게 했다.

그렇다면 저 어머니와 아들은 어떤 산을, 무엇을 위해 오르는 것일까.

글쎄다. 어쩌면 저들은 낯선 길에 대한 두려움 없이, 꽤 아득하고 특별한 여정을 걷고 있는지도 모르겠다. 남들이 감히 오를 수 없는 그들만의 신성한 봉우리를 향해.

애지욕기생 愛之欲其生

비가 올 듯 말 듯 우중충한 새벽, 일산 국립암센터 정류장에서 버스를 기다리고 있었다. 이곳에선 서울로 출근하는 직장인뿐만 아니라 병원에 입원한 환자의 가족으로 추정되는 사람들도 꽤 많이 탑승한다. 한 번은 40대 후반쯤 돼 보이는 여성이 내게 말을 걸어왔다.

"여기, 서울역 가는 1200번 뻐스 서요?"

양쪽 손에는 오랫동안 병원에서 지낸 듯한 흔적이 보였다. 옷가지와 이불 보따리가 잔뜩 들려 있었다.

"저도 1200번 탑니다. 오면 알려드릴게요."

마침 버스가 도착했고 그녀와 나는 나란히 올라탔다. 몇 분쯤 지났을까. 그녀의 휴대전화 벨소리가 요란하게 울렸다.

"당신인교? 환자가 잠 안 자고 뭐 해요?"

병상에 있는 남편에게서 걸려온 전화인 게 분명했다. 난 바로 뒤에 앉아 있었기 때문에 의도치 않게 통화 내용을 엿듣게 됐다. 오래전 일이지만, 그녀가 남편에게 읊조린 한마디가 아직도 잊히지 않는다.

그녀는 꽤 긴 통화를 마치면서 뭔가를 고백하듯 말했다.

"그래요. 당신이 곁에 있어 참 다행인 것 같아요. 나도 당신 덕분에 버티고 있나 봐요."

나는 이 말을 듣고 괜스레 가슴이 울렁거렸다. 한편으론 의문도 들었다. 아니, 환자의 보호자가 환자 덕분에 버틴다니, 무슨 말이지? 고개를 갸웃하는 사이, 번쩍

하고 머리를 스치는 글귀가 있었다.

애지욕기생愛之欲其生이란 말이 퍼뜩 떠올랐다. '사랑은, 사람을 살아가게끔 한다' 정도로 풀이할 수 있다.

나는 이런 생각에 휩싸였다. 어쩌면 그녀야말로 '애지욕기생'을 몸소 실천하고 있는 게 아닐까. 닥친 현실은 녹록하지 않지만 남편을 향한 애틋한 사랑을 동력으로 삼아 주어진 삶을 버티고, 아니 이겨내고 있는 게 아닐까.

짐작건대, 그녀는 남편에게 틈틈이 전화를 걸어 마음 깊은 곳에서 끌어올린 진심 어린 말로 사랑을 고백할 것이다. 그렇게 소중한 사람의 아픔을 어루만질 것이 분명하다.

그리고 그런 숭고한 과정을 통해 자신이 살아야 하는 이유를 확인할 것이다.

"당신이 있어 참 다행입니다"라고 속삭이며….

언어의 온도

글文, 지지 않는 꽃

긁다, 글, 그리움

'글'이 동사 '긁다'에서 파생했다고 보는 시각이 있다. 글쓰기는 긁고 새기는 행위와 무관하지 않다. 글은 여백 위에만 남겨지는 게 아니다. 머리와 가슴에도 새겨진다.

마음 깊숙이 꽂힌 글귀는 지지 않는 꽃이다. 우린 그 꽃을 바라보며 위안을 얻는다. 때론 단출한 문장 한 줄이 상처를 보듬고 삶의 허기를 달래기도 한다.

글쓰기는 그림과 유사한 측면이 있다. 공통분모는 '그리움'이다.

누군가를 그리워하는 마음을 종이에 긁어 새기면 글이 되고, 그러한 심경을 선線과 색色으로 화폭에 옮기면 그림이 되는지도 모른다.

그리움을 품지 않고 살아가는 사람은 없다. 닿을 수 없는 인연을 향한 아쉬움, 하늘로 떠나보낸 부모와 자식에 대한 애틋한 마음, 결코 돌아갈 수 없는 과거에 대한 향수 같은 것은 마음속에 너무 깊게 박혀 있어서 제거할 방도가 없다.

채 아물지 않은 그리움은 가슴을 헤집고 돌아다니기 마련이다.

그러다 그리움의 활동 반경이 유독 커지는 날이면, 우린 한 줌 눈물을 닦아내며 일기장 같은 은밀한 공간에 문장을 적거나, 책 귀퉁이에 낙서를 끼적거린다. 그렇게라도 그리움을 쏟아내야 하기에. 그래야 견딜 수 있기에….

●

누군가에겐 전부인 사람

어느 기업에서 글쓰기 강연을 마치고 화장실에 들어갔다. 벽면에 달라붙어 있는 메모판에 짧은 문장이 쓰여 있었는데, 찬찬히 읽어 내려가다 마지막 문장에서 시선이 멈췄다. 뜨끔했다. 평평한 길을 걷다가 돌연 가파른 절벽을 만나 가슴이 철렁 내려앉는 기분이었다. 이런 문구가 적혀 있었다.

화장실을 깨끗하게 사용해주세요.
이곳을 청소해주시는 분들,
누군가에겐 전부인 사람들입니다.

사랑이란 말은 어디에서 왔을까

어느 가을이었다. 급하게 작성할 원고가 있고 해서 작은 카페에 들어가 노트북을 켰다. 커피 향에서 가을 냄새가 묻어나는 것 같았다.

카페 구석에 꽂혀 있는 시집 한 권을 집어 들었다. "지난 여름은 참으로 위대했습니다 (중략) 들판에 바람을 풀어놓아 주소서"라며 가을을 칭송하는 릴케의 시가 눈에 들어왔다.

서둘러 원고를 마감하고 가을 분위기에 흠뻑 젖어들 무렵이었다. 아기 울음소리가 카페 안에 울려 퍼졌다. 커피를 주문하던 어머니가 황급히 유모차로 달려갔다.

아기는 엄마 품에 안기자 울음을 그쳤다. 어머니는 아기를 조심스레 들어 올려 이리저리 살피며 "괜찮아" 라고 말하는 것처럼 보였다. "괜찮아, 이제 괜찮아"라고.

순간 내 머릿속은 '헤아림' '염려' '애틋함' 같은 단어로 가득 찼다. 난 별것도 아닌 광경을 한참 동안 지켜봤다.

세상이 시끄럽고 번잡할수록 순수하고 꾸밈없는 광경을 목격하면 좀처럼 시선을 떼기가 어렵다. 이날도 그랬던 것 같다. 커피숍을 나서는 길, 문득 생각이 꼬리에 꼬리를 물어 어느 책에선가 읽은 '사랑의 어원'에 미쳤다.

사랑이란 말은 어디에서 왔을까?

여기에는 몇 가지 설이 있다. 어떤 학자는 사랑이 살다활, 活의 명사형일 것으로 추측한다. 하지만 나는 생각할 사思와 헤아림量을 의미하는 한자 양량을 조합한

'사량'에서 사랑이 유래했다는 설을 가장 선호한다.

그도 그럴 것이 사랑을 하면 상대에 대한 생각을 감히 떨칠 수 없다. 상대의 모든 것을 탐험하려 든다. 이유는 간단하다. 사랑에 빠지는 순간 상대는 하나의 세계, 하나의 우주, 하나의 시대이므로….

어제는 노트북을 켜고 '사람'을 입력하려다 실수로 '삶'을 쳤다. 그러고 보니 '사람'에서 슬며시 받침을 바꾸면 '사랑'이 되고 '사람'에서 은밀하게 모음을 빼면 '삶'이 된다.

몇몇 언어학자는 사람, 사랑, 삶의 근원을 거슬러 올라가면 같은 본류本流를 만나게 된다고 주장한다. 세 단어 모두 하나의 어원에서 파생했다는 것이다.

세 단어가 닮아서일까. 사랑에 얽매이지 않고 살아가는 사람도, 사랑이 끼어들지 않는 삶도 없는 듯하다.

삶의 본질에 대해 우린 다양한 해석을 내놓거나 음미하기를 좋아한다. 헤밍웨이는 "인간은 파괴될 수는 있으나 패배하진 않는다"고 했고 어느 작가는 "작은 인연과 오해를 풀기 위해 사는 것이 인생"이라고 읊조렸다.

"우린 다른 누군가를 만나기 위해 살아가고 있는 건지도 모른다"는 영화 대사도 한 번쯤 되새길 만하다.

나는 어렵게 이야기하기보다 '사람' '사랑' '삶', 이 세 단어의 유사성을 토대로 말하고 싶다.

사람이 사랑을 이루면서 살아가는 것,

그게 바로, 삶이 아닐까?

어머니를 심는 중

평소 알고 지내는 지인이 급작스럽게 모친상을 당했다. 뒤늦게 전해 들었다.

자식에게 어머니는 씨앗 같은 존재다. 어머니는 생명의 근원이다. 대지에 사는 모든 생명체는 어머니의 자궁에서 태어나 어머니의 돌봄을 받는다.

그래서 어떤 자식들은 입을 벌려 어머니의 "어" 하는 첫음절만 발음해도, 넋 나간 사람처럼 닭똥 같은 눈물을 주룩주룩 쏟아낸다.

어머니를 먼저 떠나보낸 지인의 소식을 접할 때마다 머릿속에 맴도는 짧은 시가 있다. 문인수 시인의 '하관'이다.

시인은 어머니 시신을 모신 관이 흙에 닿는 순간을 바라보며 '묻는다'는 동사를 쓰지 않고 '심는다'고 표현한다. 어머니를 심는다고.

"이제, 다시는 그 무엇으로도 피어나지 마세요. 지금, 어머니를 심는 중……"

사람을 살찌우는 일

어머니를 모시고 병원에 다녀왔다. 쇠잔한 몸으로 병실에 누워 있는 부모의 모습은 바싹 마른 장작개비를 떠올리게 한다.

그걸 지켜보는 일은 고역이 아닐 수 없다. 눈이 아릴 정도로 아름다웠던 나무에서 꽃과 이파리가 후드득 떨어져 나가 앙상한 가지만 남은 처참한 광경을, 두 손이 결박당한 채 바라봐야 하는 처지이기 때문이다.

그 안타까움은 이루 다 말할 수 없다. 어찌할 도리가 없어 지독한 무력감을 느끼게 된다.

어머니는 응급실에서 링거 주사를 맞는 동안 핏기없는 입술을 겨우 벌려 가쁜 숨을 몰아쉬었다. 어느 시인의 표현을 빌리자면, 목련어머니의 등에 살며시 귀를 대면 아픈 기침 소리가 들려올 것만 같았다.

난 가느다란 호스를 타고 뚝뚝 떨어지는 링거액을 응시하다 소리 내지 않고 울었다. 그렇게 눈물을 다 쏟아내고는 공손히 두 손을 모았다. 그리고 빌었다.

포도당아, 전해질아, 어머니 혈관을 타고 재빨리 흘러들어 가서 어서 양분을 공급해주렴. 꽃과 이파리가 더는 떨어지지 않게 해주렴.

내 바람이 통했는지 링거를 다 맞을 무렵 어머니는 안정을 되찾았다. 한편으론 자신의 소임을 다하고 장렬하게 사그라진 링거액이 대견해 보이기도 했다.

어머니를 부축해서 병원을 나서는 순간, 링거액이 부모라는 존재를 쏙 빼닮았다고 생각했다.

뚝.

뚝.

한 방울 한 방울

자신의 몸을 소진해가며

사람을 살찌우고,

다시 일으켜 세우니 말이다.

눈물은 눈에만 있는 게 아니다

서재를 정리하다 너덜너덜한 노트를 발견했다. 어머니의 일기장이었다. 한쪽 모서리가 움푹 찌그러져 있었고 먼지와 습기가 범벅됐는지 표지를 넘기자마자 퀴퀴한 곰팡내가 훅 올라왔다. 다시 책장에 꽂아놓을까 하다가 호기심이 당겨 앞부분을 훑어보았다.

거기엔 자식을 향한 부모의 마음이 빽빽한 문장으로 새겨져 있었다. 처음 몇 페이지를 읽으면서는 어린 시절 추억이 떠올라 나도 모르게 빙그레 미소 지었다.

그러나 계속 읽다 보니 당신이 부모로서 짊어져야 했을 삶의 무게가 묵직하게 다가와 노트를 끝까지 넘기지는 못했다. 최근 부쩍 쇠약해진 어머니를 생각하니 눈물이 날 것 같아 황급히 덮어버렸다.

눈물은 눈에만 있는 게 아닌 듯하다.
눈물은 기억에도 있고, 또 마음에도 있다.

대체할 수 없는 존재

찬바람이 불던 늦가을, 편의점에서 물건을 고르는데 40대 초반쯤 돼 보이는 남자가 걸어 들어왔다. 사내가 낡은 모자로 작업복에 묻은 흙을 탈탈 털어낼 때마다 뿌연 먼지가 일었다. 힘겨운 하루를 보낸 듯했다.

잠시 뒤 그는 갓 구워진 즉석 과자를 집어 들었다. 점퍼에서 꼬깃꼬깃한 지폐를 꺼내 계산을 마친 사내는 우툴두툴하고 커다란 손으로 과자를 받아 들더니 점퍼 안으로 조심스레 집어넣었다.

점원이 그 모습을 조금 의아하게 바라봤다. 사내가 머쓱해 하며 입을 열었다.

"하하, 애들 주려고요. 과자가 식으면 안 되잖아요."

사내는 그렇게 말하고는 터벅터벅 편의점을 걸어나갔다. 뒷모습을 바라봤다. 마치 수척한 낙타가 귀한 짐을 싣고 어슬렁어슬렁 걸음을 옮기는 것처럼 보였다.

별안간 김중식 시인의 시구가 내 뇌리를 뜨겁게 달구었다.

시인은 '완전무장'이라는 시에서 "낙타는 전생부터지 죽음을 알아차렸다는 듯 두개의 무덤을 지고 다닌다"고 노래했다. 사막을 가로지르며 살아야 하는 낙타의 슬픈 숙명을 시에 담담히 담아낸 것이다.

문득 방금 본 사내의 일상과 낙타의 하루가 닮았다는 생각이 들었다. 어쩌면 저 사내도 오아시스에 대한 흐릿해져 가는 기억을 붙잡은 채 쑤신 무릎을 부여잡으며 매일 황량한 사막을 횡단하고 있는지도 모른다. 자신의 책임을 다하기 위해, 가족을 위해.

그러고 보면 퇴근길 지하철에서 마주치는 아버지들

의 뒷모습은 사막 한가운데에 서 있는 낙타를 닮았다.

홀로 터벅터벅 걸어가는 그들은 어딘지 모르게 어깨가 축 늘어져 있다. 위에서 눌리고 밑에서 치이는 조직생활에서 제 한 몸 추스르기가 쉽지 않기 때문일까. 반복적인 하루를 보내며 간신히 버티는 날이 수두룩하기 때문일까.

'그렇게 아버지가 된다'라는 영화가 있다. 산부인과에서 아이가 뒤바뀐 사실을 알게 된 두 아버지의 사연을 밑그림으로 삼는 이야기다.

설정은 진부하지만 내용만큼은 진부하지 않다. 영화는 엘리트 회사원인 료타, 그리고 작은 전자상회를 운영하는 유다이라는 두 가장의 모습을 통해 아버지가 된다는 것은 어떤 의미인가 하는 질문을 던진다.

난 영화가 끝나고 엔딩 크레디트가 다 올라간 뒤 상영관에 불이 켜질 때까지 자리에서 일어나지 못했다. 영화가 주는 여운에 붙들려 발걸음이 떨어지지 않았다.

곰곰 생각했다. 아버지는 어떤 존재인가. 자식에게 아버지는 어떤 사람이어야 하는가.

사실 이런 질문에는 세계적 석학의 견해나 전문가의 충고보다, 책을 읽으면서 굵은 펜으로 밑줄을 그은 문장이나 영화 속 주인공들이 덤덤하게 읊조리는 대사가 훨씬 더 유용한 해답을 주기도 한다.

영화에서 유독 기억에 남는 장면이 있다. 합의를 통해 아이를 바꿔 키우기로 한 두 아버지가 아이들이 뛰어노는 모습을 바라보다 자녀 교육에 대한 인식 차이를 확인하는 대목이 있다. 이때 상반된 성격의 두 인물이 이런 대사를 주고받는다.

> 유다이: "아이들과 함께하는 시간이 중요해요."
> 료타: "그건 그렇지만 회사에서 제가 아니면 안 되는 일이 많습니다."
> 유다이: "아버지라는 일도 다른 사람은 못 하는 거죠."

대체할 수 없는 문장

"글은 엉덩이 힘으로 쓰는 것이다."

작가나 기자처럼 글쓰기를 업으로 하는 사람들이 자주 하는 말이다. 약간의 허세가 섞여 있기는 하지만 충분히 일리가 있는 얘기다. 타고난 천품으로 좋은 글을 쓰는 사람은 거의 없다. 거의 없다는 건 가끔 있다는 걸 의미하기도 하지만.

상당수 작가는 시간과 드잡이를 해가며 '머릿속 모니

터'에 쓰고 지우기를 거듭한다. 단어를 고르고, 고치고, 꿰매는 일을 되풀이한다. 채 경험하지 않았거나 미처 생각하지 않았던 것을 문장으로 이야기하려면 그 수밖에 없다. 덜어낼 것도 보탤 것도 없는 적확한 문장을 쓰고야 말겠다는 다짐이 지면에 스며들 때까지 펜을 들고 있어야 한다.

그러므로, 작가는 벼랑 끝까지 가보는 사람인지도 모른다. 혹은 벼랑 근처까지 갔다가 자신만의 깨달음을 안고 돌아오는 사람이거나.

엉덩이력力과 필력筆力은 비례한다는 믿음을 가지고 종일 앉아 있다 보면, 다른 문장으로 대체될 수 없는 단 하나의 문장이 떠오르기도 한다.

물론 거의 실패한다. 머릿속에 잠복해 있던 단어가 문장으로 변하는 순간 물 밖으로 나온 생선처럼 신선함을 잃어버리기 마련이니까. 그래서 글을 쓰는 작업은 실패할 줄 알면서도 시도하는 과정, 결코 도달할 수 없는 목적지를 찾아 나서는 행위라고 나는 생각한다.

뭐, 어디 글쓰기만 그러할까. 지금 이 순간, 우린 저마다 대체할 수 없는 것을 찾기 위해 발버둥 치고 있지 않나.

남이 알아주지 않아도, 그게 아니면 안 될 것 같아서, 결코 대체할 수 없는 것이기에. 그리고 그게 무엇이든 그런 걸 하나쯤 가슴에 품고 있다면 이미 충분히 잘 살아가고 있는 건지도 모른다.

참, 원고를 완성하는 순간에만 작가로서 해방감과 성취감을 느끼는 건 아니라는 점을 덧붙여 말하고 싶다.

한 줄 한 줄 문장을 정제하고 고치다가 '아 이거다' 싶은 본능이 꿈틀거릴 때, '더 나은 글이 될 것 같은데' 하는 느낌이 손의 근육과 신경망을 타고 머리와 가슴으로 전해져 올 때 나는 작가로서 커다란 희열을 느낀다.

꽃도 그렇지 않나. 화려하게 만개한 순간보다 적당히 반쯤 피었을 때가 훨씬 더 아름다운 경우가 있다. 절정보다 더 아름다운 건 절정으로 치닫는 과정인지도 모른다.

송나라 때 시인 소옹은 이러한 이치를 멋들어지게 노래했다.

"좋은 술 마시고 은근히 취한 뒤 예쁜 꽃 보노라, 반쯤 피었을 때."

지금도 나쁘지 않지만 앞으로 더 좋아질 것 같은 예감이 드는 순간 우린 살아가는 동력을 얻는다. 어쩌면 계절도, 감정도, 인연이란 것도 죄다 그러할 것이다.

라이팅은 리라이팅

새벽 2시쯤 전화가 걸려왔다. 일간지 기자로 근무하는 후배 녀석이 풀이 죽은 목소리로 입을 열었다. "선배 자고 있었어요? 제가 잠을 깨운 건 아니죠?"

이 질문은 상대방이 정말 잠이 들었는지를 물어보는 게 아니다. 이런 표현에는 내가 잠시 당신의 숙면을 방해할 테니 시간을 좀 내달라는 속뜻이 녹아 있기 마련이다. 이때 다짜고짜 "너 지금 몇 시인 줄 알아?"라고 대답하면 매몰찬 사람으로 취급당하고 만다.

어쨌든 난 "잠이 들었는데 네가 깨운 것 같아. 하하, 이거 장난인 거 알지? 아무튼 무슨 일이야?"라는 식으로 얼토당토않은 농담을 구사했던 것 같다.

외국물 좀 먹은 후배는 영어 단어를 섞어가며 대뜸 물었다. "글쓰기, 그러니까 라이링라이팅이 도대체 뭐죠?"

후배의 발음에선 '빠다' 냄새가 강하게 풍겼고 전화기 너머로 들려오는 그의 목소리에선 글쓰기에 대한 두려움, 기자직에 대한 고민 같은 것을 느낄 수 있었다. 녀석은 뭔가 그럴듯한 대답이라도 들을 요량으로 술김에 질문을 던진 듯했다.

평소 글쓰기에 대한 고민을 누구보다 심도 있게 하는 편이지만 후배가 원하는 정말 그럴듯한 대답은 떠오르지 않았다. 게다가 새벽 2시였다. 나는 얼떨결에 둘러댔다.

"라이팅? 글쓰기? 글은 고칠수록 빛이 나는 법이지. 라이팅은 한마디로 리라이팅Writing is rewriting이라고 볼 수 있지."

졸린 눈을 비벼가며 잠결에 전화를 받았던 터라 말장난 비슷하게 대답했다. 하지만 아예 빈말은 아니었다. 특별한 글쓰기 비법 같은 건 존재하지 않는다고 생각하기 때문이다.

한 편의 글을 완성하는 일은 고치는 행위의 연속일 뿐이다. 문장을 작성하고 마침표를 찍는다고 해서 괜찮은 글이 자연 발생적으로 생겨날 리 없다.

좀 더 가치 있는 단어와 문장을 찾아낼 때까지 펜을 들고 있어야 한다. 그렇게 지루하고 평범한 일에 익숙해질 때, 반복과의 싸움을 견딜 때 글은 깊어지고 단단해진다.

그 후배도 '라이팅은 리라이팅'이라는 말속에 숨겨진 의미를 알아차렸을까? 그럴 거라 믿는다. 그날 이후 녀석이 새벽에 불쑥 전화를 걸어 "선배, 글쓰기가 뭐죠?"라고 질문을 던지는 만행을 저지르지는 않았으니 말이다.

내 안에 너 있다

글쓰기 과정에서 마음가짐만큼 중요한 것도 없다.

글의 목적과 독자의 입장을 충분히 고려해서 작성해야 하는 경우가 있는 반면 그냥 하고 싶은 이야기를 한꺼번에 분출하듯 써야 할 때도 있다.

신문 기사는 전자에 해당한다. 사실이나 정보를 독자에게 전달하는 데 목적이 있는 글인 만큼 최대한 드라이하게, 감정을 걷어내고 쓰는 게 바람직하다.

회사에서 손에 쥐가 나도록 작성하는 보고서와 기획안의 경우는 어떠한가. 시적인 문체와 탄탄한 서사는 신춘문예에 작품을 출품하는 경우 고민해야 한다. “가장 좋은 제안서는 채택되는 제안서”라는 말이 있듯, 어정쩡한 잔가지를 말끔히 솎아내고 목적과 개선 방안 같은 것을 명확히 제시하는 게 좋다.

그럼 연애편지는?

음, 연서戀書의 목적은 더 간명하다. 편지를 읽는 상대방의 마음을 얻기 위함이다.

딱딱한 설명문을 작성하듯 쓴 편지는 퇴짜 맞기 좋다. 농부가 모를 심듯이, 상대를 향한 마음을 낱말 하나 문장 한 줄에 섬세하게 심어 정성스레 표현해야 한다.

연애편지 하면 떠오르는 역사적 인물이 많은데, 오스트리아 출신의 작곡가 겸 지휘자 구스타프 말러도 그중 한 명이다.

요즘 시간에 쫓기고 머릿속이 복잡할 때마다 말러의 교향곡 5번 4악장 아다지에토를 듣곤 한다. 감미로운 선율에 귀를 기울이면 이른 아침에 고즈넉한 숲길을 거니는 듯한 착각에 빠진다. 마음이 편안해진다.

명곡의 탄생 배경은 1900년대 초로 거슬러 올라간다. 당시 빈 왕립 오페라단을 이끌던 구스타프 말러는 사교 모임에서 치명적인 매력을 지닌 여인과 운명적으로 조우한다.

검은 머리카락을 늘어뜨린 채 고혹적인 자태로 말러를 맞이한 여인의 이름은 알마 신들러. 많은 남자가 그녀의 마음을 얻으려 주변을 맴돌았다고 한다.

물론 구스타프 말러도 그중 한 명일 터. 저항할 수 없는 매력에 이끌린 말러는 알마에게 편지를 건네며 적극적으로 구애를 펼친다. '당신을 향한, 당신을 위한 모든 것이 내 안에 있습니다!'

너를 향한 모든 것이 내 안에 있다? 낭만적이다. 그리고 어디선가 들어본 것 같다. 아, 기억난다. 수많은 여인의 마음을 설레게 만들었던 드라마 '파리의 연인'에서 이동건이 읊조린 대사, "내 안에 너 있다"와 문장 구조가 유사하다. 말러가 시대를 앞서갔다고 해야 할까.

말러는 알마를 유혹하는 과정에서 직업 정신을 십분 발휘했다. 교향곡 5번 4악장을 알마에게 헌정하면서 마음을 사로잡았고 결국 부부의 연을 맺었다. 그러나 결혼 후 말러의 삶은 평탄치 않았다. 장녀 마리아가 디프테리아로 세상을 떠난 데다 말러 자신도 심장병 진단을 받는 등 비운을 겪게 된다.

이처럼 헤어나올 수 없는 운명의 태풍에 휘말린 말러의 마음이 음악에 오롯이 녹아 있기 때문일까. 4악장 아다지에토의 선율은 유독 애틋하게 들린다.

말러가 알마 신들러를 향한 이끌림과 복잡한 감정을 오선지에 그대로 옮겨놓은 듯하다. 음표와 음표 사이에 기쁨과 애틋함과 근심이 빼곡히 들어차 있다.

이 곡은 영화배우 탕웨이와 성준이 등장하는 모 의류 광고에 삽입돼 인기를 끌기도 했다. 이별을 예감하는 남녀의 절제된 감정과 말러의 음악이 한데 뒤섞여 처연하게, 그리고 유유히 흐른다.

볼륨을 높이며 말러 특유의 어두운 낭만이 선사하는 위로와 감동을 음미해 본다.

그리고 객쩍은 상상에 빠진다.

알마의 치명적 아름다움이 구스타프 말러의 창작 욕구를 자극했을까? 아니면 사랑에 눈먼 남자의 애절한 마음이 음악에 스며든 걸까?

행복한 사전

미우라 시온의 소설 〈배를 엮다〉를 원작으로 한 영화 '행복한 사전'을 봤다. 겐부쇼보라는 대형 출판사에는 사전 편집부가 별도로 있다. 사내에선 애물단지 취급을 받는다. 사전을 만드는 데 들어가는 시간과 인력에 비해 수익이 별로 나지 않기 때문이다.

편집부 직원들은 "돈 되는 사업에 손을 대야 한다"는 경영진의 엄포와 회유에 흔들리지 않고 대도해大渡海,

즉 '큰 바다를 건너다'라고 이름 붙인 사전을 만들기 위해 불철주야 매달린다.

밤낮 없는 편집 작업에 몇몇 직원이 지쳐갈 즈음, 출판사의 편집 주간이 낮은 목소리로 읊조린다.

"단어의 바다는 끝없이 넓어요. 사전은 그 너른 바다에 떠 있는 한 척의 배입니다. 인간은 사전이라는 배로 바다를 건너고 자신의 마음을 적확히 표현해줄 말을 찾습니다. 그것은 유일한 단어를 발견하는 기적입니다. 누군가와 연결되기를 바라며 광대한 바다를 건너려는 사람들에게 바치는 사전, 그것이 바로 '대도해'입니다."

난 영화를 보다가 이 대목에서 '단어의 바다'를 '인생의 바다'로 바꾸어 읽어도 충분히 말이 될 것 같다고 생각했다.

사람은 태어나면 다들 자기만의 배에 오르게 된다. 가끔은 항로를 벗어나 낯선 섬에 정박하기도 하지만 대개는 끊임없이 노를 저어 앞으로 나아간다.

이유는 단 하나, 자신만의 바다를 건너기 위해서.

다만 바다를 건너는 일이 모두 똑같을 리는 없다. 저마다 하는 일과 사는 이유가 다르고, 사연이 다르고, 또 삶을 지탱하는 가치나 원칙이 다르기 때문이다.

내 얘기를 보태면, 글을 쓰고 책을 펴내는 과정이 곧 삶의 바다를 건너는 일이다.

일상에서 건져 올린 희망과 절망을 씨줄과 날줄 삼아 정갈한 문장을 만들고, 문장을 붙이고 떼고 하면서 튼튼한 문단을 구성하고, 또 문단을 쌓아서 한 편의 글을 축조 築造 하고, 나아가 한 권의 책을 엮기 위해 바지런히 노를 젓는다.

누구에게나 바다가 있다.

어떤 유형이 됐든, 깊고 푸른 바다가 눈앞에 펼쳐져 있을 것이다. 어떤 자세로 노를 젓고 있는지, 어떤 방식으로 건너고 있는지 살면서 한 번쯤은 톺아볼 필요가 있다고 본다. 한 번쯤은.

톺아보다_ '살살이 톺아 나가면서 살피다' '틈이 있는 곳마다 모조리 더듬어 뒤지면서 찾다'라는 뜻을 지닌 우리말.

모두 숲으로 돌아갔다

달포 전쯤 친한 친구 녀석이 오밤중에 문자를 보내왔다.

'모두가 숲으로 돌아갔다, 기주야!'

나는 꽤 목가적인, 아니 자연주의적인 문자에 고개를 갸우뚱했다. 원래 이런 식으로 문장을 적는 친구가 아닌데….

회사에서 무슨 일이 있었나. 아니면 팍팍한 도시 생

활에 염증을 느끼고 귀농歸農을 결정했다는 건가. 그것도 아니면 문자 그대로 가족과 함께 숲으로 캠핑을 간다는 건가.

밤새 홀로 상상의 나래를 펼쳤다. 문장에 담긴 의미를 정확하게 해석할 수 없었기 때문이다.

나중에 알고 보니, 친구가 단어를 혼동해 저지른 단순 실수였다. 회사 사정으로 밀린 업무를 처리하느라 오래전부터 계획했던 가족 여행을 미루게 됐다는 것. 그래서 안타까운 심경을 표현하기 위해 '모두 수포水泡, 물거품로 돌아갔다!'고 문자를 보내려다가, 그만 '모두 숲으로 돌아갔다!'고 오기誤記를 한 것이다.

난 전후 맥락을 파악한 뒤 "너 혹시 발암물질을 바람물질로, 일취월장을 일치얼짱으로 적는 건 아니지?" 하고 농담을 섞어 핀잔을 줬다

한글은 점 하나, 조사 하나로 단어와 문장의 결이 달라진다.

한글 자모 24개로 표현할 수 있는 소리가 이론적으로 1만 개가 넘는다. 정교하다고 해야 하나, 언어학적으로 활용성이 크다고 해야 하나.

영국의 언어학자 제프리 샘슨은 “한글이야말로 인류가 만든 가장 위대한 지적 유산 가운데 하나”라고 극찬하기도 했다.

한글의 세밀함을 무시한 채 머릿속에 맴도는 문장을 무턱대고 입 밖으로 끄집어내다가는 낭패를 당할 수 있다.

예를 들어 친구를 앞에 두고 “넌 정말이지 외모도 예뻐!”라고 칭찬을 하려다, 실수로 “넌 정말이지 외모만 예뻐!” 하고 말해버리면 친구 간에 의만 상한다.

한글은 아름답다.
그리고 섬세하다.

단, 섬세한 것은 대개 예민하다.

딸에게 보내는 굿나잇 키스

사내는 늘 분주했다. 책을 쓰고 글을 읽느라 가족을 챙기지 못했다. 사내의 일에 방해가 될까 봐 아내는 아이를 업고 엄동설한에 골목을 서성였다.

사내는 명성을 얻은 후에도 항상 글을 썼고 책만 읽었다. 동시대를 사는 많은 이들에게 고언苦言을 들려주었다. 하지만 그사이 가족이 겪어야 했을 고통苦痛은 헤아리지 못하였다.

우리 시대의 대표적 지성으로 꼽히는 이어령 전 문화부 장관의 이야기다. 이 교수는 한때 일에만 정신이 팔린 아버지였다고 고백한다. 어린 딸이 잠자리에 들 때 그 흔한 굿나잇 키스조차 건네지 않았다고 한다.

세월이 흘렀다. 암에 걸린 딸은 아버지보다 일찍 세상을 등지게 된다. 홀로 남은 아버지는 지난날을 자책하고 눈물을 참아가며 딸에게 우편번호 없는 편지를 보낸다. 〈딸에게 보내는 굿나잇 키스〉라는 책을 통해서….

서점을 배회하던 어느 날, 이 책을 집어 들어 그 자리에서 끝까지 읽었다. 페이지를 넘기다가 나는 아래 구절에서 시선을 멈추고 숨을 가다듬었다.

"딱 한 번이라도 좋다. 낡은 비디오테이프를 되감듯이 그때의 옛날로 돌아가자. (중략) 나는 글 쓰던 펜을 내려놓고, 읽다 만 책장을 덮고, 두 팔을 활짝 편다. 너는 달려와 내 가슴에 안긴다. 내 키만큼 천장에 다다를 만큼 널 높이 들어 올리고 졸음이 온 너의 눈, 상기된 너의 뺨 위에 굿나잇 키스를 하는 거다."

둘만의 보물찾기

아파트 우편함에 친구 J가 보낸 청첩장이 꽂혀 있었다. 봉투를 열었다. 결혼을 앞둔 예비부부의 심경이 고스란히 전해지는 톡톡 튀는 문장이 청첩장 하단에 박혀 있었다.

'어차피 인생은 도전의 연속입니다. 이제 저희 두 사람은 결혼이라는 모험을 떠나 둘만의 보물을 찾고자 합니다. 모험을 떠나기 전에 조촐하게 출정식을 열 예정

이니 꼭 들러주셨으면 합니다.'

문장을 다 읽고 나니 피식 웃음이 나왔다. 불현듯 "옛날 옛적에…"로 시작해서 "두 사람은 행복하게 살았습니다…"로 끝나는 디즈니 애니메이션이 떠올랐다.

줄거리는 대개 이렇다. 허우대 멀쩡한 평민 출신의 남자 주인공이 한 미모 하는 상류층 여자를 만나 첫눈에 반한다. 사랑에 빠지면 눈에 보이는 게 없는 법. 둘은 주위의 만류를 뿌리치고 머나먼 여행을 떠난다.

결말도 대동소이하다. 강을 건너고 계곡을 지나 죽을 고비를 몇 번이나 넘기면서 마침내 진귀한 보물을 발견한다.

얼마 뒤 J의 출정식, 아니 결혼식에 참석했다. 차가 막혀 식장에 조금 늦게 도착했는데 때마침 결혼행진곡이 '딴딴 따다 딴딴 따다' 울려 퍼지고 있었다.

나는 그 음악이 범선의 출발을 알리는 뱃고동 소리처럼 느껴졌다.

친구의 결혼식은 여타 결혼식과 별 차이가 없었다. "검은 머리가 파 뿌리가 되도록 한평생 동행을 해야…"라는 주례사보다, "오늘 주례를 맡아주신 분은…" 하고 시작하는 주례 선생님 소개 시간이 더 길었고, 내가 축의금을 건네면 신랑의 친구가 "몇 장 필요하세요?" 하며 식권을 나눠줬다.

난 식권을 건네받으면서 J의 표정을 유심히 살폈다. 들떠 있었다. 그의 표정에선 여정에 대한 기대감과 설렘, 책임감을 읽을 수 있었다. 녀석은 신대륙을 찾아 떠나기 전 갑판에서 보급품을 확인한 뒤 망원경으로 먼바다를 내다보는 선장처럼 늠름해 보였다.

세월이 흘렀지만 J는 그때 그 표정을 간직하고 있다. 그리고 다행스럽게도, 녀석은 둘만의 보물섬을 향해 여전히 순항하고 있다.

●

프로와 아마추어의 차이

"왜 그래? 아마추어같이!"

신입사원 시절 누구나 한 번쯤 들어봤을 법한 말이다. 나 역시 일 처리 과정에서 사소한 실수를 저지르거나, 회식자리에서 상급자의 술잔보다 내 잔을 더 높이 들어 "건배!"를 외치다가 이런 빈정거림을 들었던 것 같다.

그때마다 난 역질문을 던지고 싶었다. "그럼 선배는 프로인가요?"

도대체 프로와 아마추어의 경계가 뭘까?

'프로'는 프로페셔널professional, 전문가의 준말로, 그 어원적 뿌리는 '선언하는 고백'이란 뜻의 라틴어 프로페시오professio에서 발견할 수 있다.

남들 앞에서 "난 전문가입니다"라고 공개적으로 선언할 수 있어야, 그리고 그에 따른 실력과 책임감을 겸비해야 비로소 프로 자격이 있다는 것이다.

그래서인지 우리가 "프로"라고 부르는 사람들은 하기 싫은 일도 끝까지 해내는 경향이 있다. 그냥 끝까지 하는 게 아니다. 하기 싫은 업무를 맡아도 겉으로는 하기 싫은 티를 잘 내지 않으면서 유연하게 마무리한다. 왜? 프로니까.

이와 달리 '아마추어'는 라틴어 아마토르amator에서 유래했다. '애호가' '좋아서 하는 사람' 정도로 해석할 수 있는데 말 그대로 취미 삼아 소일거리로 임하는 사람을 뜻한다.

아마추어는 어떤 일이나 과정에서 재미와 즐거움 같은 요소가 사라지면 더는 하지 않는다. 아마추어의 입장에선 재미가 없으면 의미도 없기 때문이다.

새삼 이런 생각도 든다. 어쩌면 프로와 아마추어를

판가름하는 기준은 기술이 아니라 태도인지 모른다고.

토마스 매카시 감독의 영화 '스포트라이트'는 10년 차 이상 베테랑 기자들의 활약상을 다뤘다. 보스턴글로브 신문사의 스포트라이트 팀은 4명으로 구성된 독립 취재부서다. 외부 간섭에서 비교적 자유롭고 자료 조사원도 따로 있다.

스포트라이트 팀은 아동 성추행 사건의 이면을 파헤치기 위해 한 발 한 발 전진하며 취재 방향을 넓혀나간다. 조금 흥미로운 건 영화에 등장하는 기자들이 세상을 구하는 영웅으로 그려지지 않는다는 점이다.

그들은 정의의 사도라기보다 맡은 바 책임을 다하는 전문직 종사자에 가깝다.

기자로서 마땅히 해야 할 일, 달리 말해 미심쩍은 사건 앞에서 질문을 던지고 취재하고 인터뷰를 시도하고 그걸 기록하는 업무를 소처럼 우직하게 해나간다. 그러면서 차츰 진실에 다가선다.

팀 내에서 가장 감정에 충실하고 저돌적인 마이크의 취재 과정이 기억에 남는다. 기자의 방문이 탐탁지 않은 취재원이 "이런 걸 보도하는 게 언론인입니까?"라고 질문하자 마이크는 프로 정신에 입각해 천연덕스럽게 되묻는다.

"그럼 이런 걸 보도하지 않는 게 언론인입니까?"

문득 구차한 질문 하나가 머릿속에서 꿈틀거린다. 아마추어는 무조건 내공을 갈고닦아 프로로 거듭나야 할까?

흠, 그럴 리 없다. 살다 보면 프로처럼 임해야 하는 순간이 있고 아마추어처럼 즐기면 그만인 때도 있다.

프로가 되는 것보다, 프로처럼 달려들지 아마추어처럼 즐길지를 구분하는 게 먼저가 아닐까 싶다. 프로가 되는 노력은 그다음 단계에서 해도 된다.

이건 꽤 중요한 이야기다. 프로처럼 처리해야 하는 일을 아마추어처럼 하면 욕을 먹기 쉽고, 아마추어처럼 즐겨야 하는 일에 프로처럼 목숨을 걸다가는 정말 목숨을 잃을 정도로 심각한 상황에 내몰릴 수도 있으니 말이다.

시간의 공백 메우기

번화가를 지나는 길에 안타까운 장면을 보았다. 커피숍 앞에 강아지 한 마리가 묶여 있었다. 주인에게 버림받은 강아지는 아닌 듯했다.

녀석은 사람들의 시선일랑 아랑곳하지 않고 꼿꼿하게, 매의 눈으로 커피숍 입구 쪽을 응시하고 있었다. 자신을 묶어놓고 볼일을 보러 간 매정한 주인을 기다리는 것처럼 보였다.

강아지를 저렇게 놔둬도 괜찮을까 싶었지만 달리 방도가 없었던 나는 속으로 녀석의 기다림이 길어지지 않았으면 하고 바랐다.

집으로 향하는 길, 주인을 기다리던 녀석의 애처로운 표정이 눈에 밟혔다. 느닷없이 '기다림'이란 낱말과 함께 황지우 시인의 시구가 내 머릿속을 가득 채웠다.

> '네가 오기로 한 그 자리, 내가 미리 와 있는 이곳에서/ 문을 열고 들어오는 모든 사람이/ 너였다가/ 너였다가, 너일 것이었다가….'
>
> - '너를 기다리는 동안' 中

기다림은 무엇인가.
어쩌면 기다림은,
희망의 다른 이름이 아닐까?

기다린다는 것은 마음속에 어떤 바람과 기대를 품은 채 덤덤하게 혹은 바지런히 무언가를 준비하는 일이다.

누군가의 연락을 기다릴 때, 만남과 결과를 기다리는

순간에도 우린 가슴 설레는 상상에 빠지기 마련이다. 그리고 어쩌면 구체적인 대상이나 특정한 상대를 능동적으로 기다린다는 것은, 우리가 살아 있다는 증거인지도 모른다.

기다림은 그런 것이다. 몸은 가만히 있더라도 마음만큼은 미래를 향해 뜀박질하는 일.

그렇게 희망이라는 재료를 통해 시간의 공백을 하나하나 메워나가는 과정이 기다림이다. 그리고 때론 그 공백을 채워야만 오는 게 있다.

기다려야만 만날 수 있는 것이 있다.

무지개다리

옆집 부부가 슬피 운다. 듣자 하니 강아지가 하늘로 떠나서 화장火葬하고 오는 길이라고 한다. 몽골에선 개가 죽으면 꼬리를 자르고 땅에 묻는다. 다음 생애에는 인간으로 태어나라는 거다. 다만 강아지로선 사람으로 환생하는 게 복일까, 재앙일까.

아, 나는 잘 모르겠다.

반려 견이나 반려 묘를 기르는 사람들은 동물이 삶을 마감하면 그냥 죽었다고 하지 않고 무지개다리를 건넜다고 표현한다.

무지개는 〈용비어천가〉 등에서 '므지게'의 형태로 나타난다. 이는 물水의 옛말인 '믈'과 문門을 뜻하는 '지게'가 합쳐진 단어다. 말 그대로 '물로 만들어진 문'이다.

설화나 동화에선 무지개를 천궁天弓이라 부르기도 한다. 하늘에 걸린 둥근 모양의 활이라는 뜻인데, 대개는 천상과 지상을 연결하는 가교를 상징한다.

무지개에 얽힌 작자 미상의 짧은 글을 각색하여 소개해본다. 강아지를 키워본 사람이라면 공감하지 않을까 싶다.

천국으로 들어가는 입구에는 무지개다리로 불리는 아치형 다리가 있다. 삶을 마감한 개는 푸른 초원이 펼쳐진 그곳에서 모든 걱정을 내려놓는다. 늙은 개는 젊어지고 아픈 개는 건강을 되찾는다.

하지만 천국에 입주한 녀석들도 딱 한 가지 마음에 걸리는 게 있다. 소중한 사람을 이승에 남겨둔 채 이곳에 먼저 와버렸다는 것.

그렇게 그리움만 쌓여가던 어느 날, 한 마리 개가 동작을 멈추고 반대편을 응시한다. 코를 벌렁거리며 익숙한 냄새를 알아차린다. 녀석은 누군가를 발견하고는 무리에서 벗어나 바람을 가르며 달리기 시작한다. 날아갈 듯 발걸음이 빨라진다. 개가 향하는 곳에 누군가 서 있나. 바로 당신이다.

마침내 당신과 개는 재회한다. 개는 꼬리를 흔들며 당신의 얼굴을 핥는다. 당신은 흐뭇한 미소를 지으며 개의 눈을 들여다본다. 오롯이 당신만을 신뢰하는 눈동자.

어느새 당신과 개의 눈에는 눈물이 고여 있다. 당신이 개를 얼싸안고 무지개다리를 건너며 말한다.

"오랫동안 네 눈동자를 보지 못했지만 난 한순간도 널 잊은 적이 없단다. 이제 두 번 다시 헤어지지 말자꾸나…."

자세히 보면 다른 게 보여

운전을 하며 강변북로를 지나고 있었다. 앞서가던 차들이 갑자기 비상등을 켰다. 사고가 난 듯했다.

운전자들은 액셀과 브레이크를 번갈아 밟았다. 형형색색의 차들은 일정한 리듬을 타며 군무群舞를 추듯, 가고 서기를 반복했다. 이 와중에 획일적인 박자에 몸을 맡기기 싫다는 듯 성미가 급한 일부 운전자는 자신만의 리듬으로 쉴 새 없이 경적을 울렸다.

앞차 꽁무니만 주시하며 핸들을 잡고 있던 나는 환기도 시킬 겸 조수석 창문을 슬며시 열었다. 후덥지근한 열기가 빠져나가자 바통 터치를 하듯 상쾌한 바람이 창을 비집고 들어왔다.

나는 바람에 이끌려 오른편으로 고개를 돌렸다. 파란 하늘은 어느새 붉은빛으로 물들어 있었고 가을의 햇살을 머금은 강줄기가 보석처럼 반짝반짝 빛나고 있었다.

뭐든 자세히 보면 다른 게 보이는 것 같다.

강물만 해도 그렇다. 버스를 타고 달리다 새카만 한강을 한참 바라보면 알게 된다. 강 위를 떠다니는 게 물만은 아니라는 것을, 바람이 흐르고 있고, 햇살도 내려앉아 있다는 것을.

'달팽이의 별'이라는 다큐멘터리 영화가 있다. 달팽이처럼 촉각에만 의지해 느린 걸음으로 세상을 사는 남편과 척추장애를 앓는 아내의 사랑 이야기다. 영화에 이런 대사가 나온다.

"우린 가장 귀한 것을 보기 위해 잠시 눈을 감고 있습니다. 가장 값진 것을 듣기 위해 잠시 귀를 닫고 있습니다."

진짜 소중한 건 눈에 잘 보이지 않는 법이다.

가끔은 되살펴야 하는지 모른다. 소란스러운 것에만 집착하느라, 모든 걸 삐딱하게 바라보느라 정작 가치 있는 풍경을 바라보지 못한 채 사는 건 아닌지. 가슴을 쿵 내려앉게 만드는 그 무엇을 발견하지 못하는 게 아니라 스스로 눈을 가린 채 살아가는 것은 아닌지.

지옥은 희망이 없는 곳

리들리 스콧 감독의 영화 '마션'을 보았다. 급작스러운 기상 악화로 화성에 홀로 남겨진 우주 비행사가 주인공이다.

영화 초반부를 볼 때만 해도, '라이언 일병 구하기' 화성 버전인가 혹은 알폰소 쿠아론 감독의 '그래비티' 명랑 버전이 아닐까 하는 불길한 예감을 떨칠 수가 없었다.

하지만 '마션'에는 우주를 배경으로 한 여타 영화에선 볼 수 없는 유형의 주인공, 마크 와트니가 등장한다.

예능 프로그램 '무한도전'에 출연해도 될 만큼 밑도 끝도 없는 무한 긍정의 소유자 와트니는 우주복이 아닌 낙관주의적 사고로 무장한 인물이다.

그는 목숨이 경각에 달린 엄중한 순간 농담을 던지고 식량이 부족한 상황에서도 디스코 음악에 맞춰 몸을 흔들 정도로 유머 감각 하나만큼은 탁월하다.

사실 유머humor와 개그gag는 조금 결이 다른 개념이다. 개그는 상대방을 웃기기 위해 끼워 넣는 즉흥적인 대사나 우스개를 뜻한다. 웃기는 게 유일한 목적이다.

유머는 그렇지 않다. 익살과 해학과 삶의 희로애락이 적절히 뒤범벅된 익살스러운 농담을 의미한다. 유머 앞에서 우리가 왁자지껄 웃어젖히다가도 어느 순간 씁쓸한 눈물을 쏙 빼는 것도 이런 이유 때문이 아닐까 싶다.

유머의 어원도 흥미롭다. 유머는 라틴어 우메레umere에서 유래했다. 물속에서 움직이는 유연한 성질을 지닌 물체를 지칭한다. 그래서일까. 적당한 유머는 삶의 경직성을 유연성으로 전환하고 획일성을 창의성으로 바꿔 놓기도 한다. 참, '우메레'와 심형래가 주연을 맡은 공상과학 코믹 액션 판타지 블록버스터인 '우뢰매'를 혼동하지 않으리라고 믿는다. 설마.

유머의 개념을 좀 더 확장할 수도 있다. 프랑스의 가톨

릭 사제이자 고생물학자인 테야르 드 샤르댕은 "유머는 남을 웃기는 기술이나 농담만을 의미하지 않는다. 유머는 한 사람의 세계관의 문제다"라는 꽤 멋진 말을 남겼다.

영화의 주인공 와트니 역시 긍정적인 세계관을 바탕으로, 영혼을 짓누르는 두려움과 외로움을 이겨내기 위해 부단히 노력한다.

그는 삼시 세끼를 해결하는 과정에서도 무한 긍정력을 발휘한다. 이리저리 머리를 굴린 끝에 수소와 산소를 반응시켜 물을 만들고, 인분을 거름 삼아 화성산産 유기농 감자를 수확하는 데 성공한다. 이 장면에서 난 "오, 맷가이버맷 데이먼 + 맥가이버"라고 외칠 뻔했다.

나는 영화를 보는 내내 와트니의 화성 적응기가 우리 인생과 여러모로 유사하다고 생각했다. 그는 어려움에 직면할 때마다 기발한 묘수를 찾아내기보다 하나의 문제를 해결하고 그다음 문제를 차근차근 풀어나간다.

우리 삶도 매한가지다. 우린 살면서 어디가 시작이고 어디가 끝인지 도저히 알 수 없는 뫼비우스의 띠 같은 수수께끼와 자주 직면한다.

하지만 유감스럽게도, 그런 문제를 단숨에 풀 수 있는

마법의 지팡이도, 효율적인 삶을 위한 마땅한 기술도 존재하지 않는다. 그저 자신에게 주어지는 과제와 과정에 충실히 임하는 수밖에 없다. 와트니처럼 말이다.

극장을 나서며 엉뚱한 질문을 떠올렸다. 본래 지구인인 마크 와트니에게 화성은 지옥 같은 공간이었을까?

글쎄다. 난 "아니다"에 한 표 던지고 싶다. 주인공의 일거수일투족을 지켜보는 동안 머릿속에 빙빙 맴돈 단어는 '희망'이었다.

와트니가 시답잖은 농담을 내뱉으며 그의 머리와 가슴에서 절망과 좌절을 밀어낼 수 있었던 이유는 단 하나, 지구로 돌아갈 수 있을 거라는 희망이 있었기 때문이다.

단테의 〈신곡神曲〉 지옥 편을 보면 흥미로운 대목이 나온다. 지옥문 입구에 다음과 같은 글귀가 새겨져 있다.

"이곳에 들어오는 그대여, 모든 희망을 버릴지어다!"

독사가 우글거리고 불길이 치솟는 곳만 지옥일 리 없다. 희망이 없는 곳, 아무런 희망이 없는 막막한 상황이 영원히 지속하는 곳, 그곳이 진짜 지옥이다.

●

슬픔은 생활의 아버지

무릎을 꿇고

두 손 모아 고개 조아려

지혜를 경청한다

- 이재무 '슬픔에게 무릎을 꿇다' 中

삶은 간단하지 않다. 어디 한군데 온전한 것이 없는 날이 있다. 슬픔을 극복하기는커녕 제 몸뚱이조차 추스르지 못하는 경우가 비일비재하다.

슬픔은 떨칠 수 없는 그림자다. 목숨을 다해 벗어나려 애써보지만 마음대로 될 리가 없다. 그저 슬픔의 유효기간이 저마다 다를 뿐. 누군가에게는 잠깐 머물러 있고 누군가에게는 꽤 오래 달라붙어 괴롭힌다.

시인의 말처럼 우린 종종 슬픔에 무릎을 꿇는다.

그건 패배를 의미하지 않는다. 잠시 고개를 조아려 내 슬픔을, 내 감정의 민낯을 들여다보는 과정일 터다.

그러니 섣불리, 설고 어설프게 슬픔을 극복할 필요는 없다. 겨우 그것 때문에 슬퍼하느냐고, 고작 그런 일로 좌절하느냐고 누군가 흔들더라도, 너무 쉽게 슬픔의 길목에서 벗어나지 말자.

차라리 슬퍼할 수 있을 때 마음에 흡족하도록 고뇌하고 울고 떠들고 노여워하자. 슬픔이라는 흐릿한 거울은 기쁨이라는 투명한 유리보다 '나'를 솔직하게 비춰준다. 때론 그걸 응시해봄 직하다.

'나를 아는 건' 가치 있는 일이다. 나를 제대로 알아야 세상을 균형 잡힌 눈으로 볼 수 있고 내 상처를 알아야 남의 상처도 보듬을 수 있으니 말이다.

그리고 어쩌면 사랑이란 것도 나를, 내 감정을 섬세하게 느끼는 데서 시작하는 것인지도 모르겠다.

오직 그 사람만 보이는 순간

나는 '키우다'라는 동사를 좋아한다.

'키우다'는 '감정'과 은근히 잘 어울리는 단어다. 불에 기름을 끼얹은 것처럼 순식간에 확 타오르는 감정도 있을 테지만 모든 감정이 그럴 리 없다.

어떤 감정은 시간과 정성에 의해 느릿느릿 키워진다.

두 사람이 마련한 은밀한 텃밭에, 두 사람만의 씨앗

을 심은 뒤, 물을 주고 거름을 뿌릴 때 튼실한 감정이 찬찬히 성장한다.

감정이 키워지는 순간에는 꽤 그럴듯한 정황증거情況證據가 나타나는 법이다.

만약 밤이 밀려오는 속도가 평소와 다른 것 같고 창으로 스며드는 공기의 서늘함이 전과 다르게 느껴진다면, 누군가에게 마음을 빼앗긴 건지도 모른다.

사랑이 싹틀 때 우린 새로운 풍경이 아닌 새로운 시선을 갖게 되므로….

여기 감정에 대한 영화가 있다. 카피부터 절절하다.

"인생에 단 한 번, 오직 그 사람만 보이는 순간이 있다."

우아함의 대명사 케이트 블란쳇이 주연을 맡은 영화 '캐롤'이다. 영화에는 남편과 이혼 소송 중인 상류층 여인 캐롤과 사진작가를 꿈꾸는 젊은 여성 테레즈가 등장한다.

자기 정체성을 억누른 채 살아가던 두 여인은 거부할

수 없는 끌림을 느끼고 서로를 은밀하게 끌어당기지만, 그 끌림의 정체를 쉬이 인정할 수 없어 혼란스러워하고 시나브로 밀어내기도 한다. 과연 그녀들은 편견의 벽을 넘어 사랑의 결실을 이룰 수 있을 것인가.

두 여인의 만남이 증명하듯, 사랑은 감정과 타이밍의 결합으로 완성된다. 하지만 애석하게도 감정은 예측 불가능하며 타이밍은 더 예측 불가능하다.

사랑의 감정과 타이밍이 딱 맞아떨어지는 건, 금요일 저녁부터 다음날 새벽까지 강남역 일대에서 술집을 나서자마자 1초도 기다리지 않고 택시를 잡아타는 것처럼 우연과 필연이 겹쳐야만 가능한 일이다.

상대를 제외한 모든 것이 뿌옇게 보이는 순간은 그야말로 예고 없이 다가온다.

어쩌면 예측이 가능한 감정은 사랑이 아닌지도 모른다.

사내가 바다로 뛰어드는 이유

'57세 일본 남성 다카마쓰 야스오는 최근 스킨 스쿠버 자격증을 땄다. 그 이유는…'

며칠 전 신문을 넘기다 국제면에서 잠시 멈칫했다. 환갑이 내일모레인 사내가 한겨울에 차디찬 바다로 뛰어들고 있다는 기사가 내 눈길을 붙잡았다.

사내는 3년이 다 되도록 행방불명인 아내를 찾기 위해 잠수 관련 자격증을 취득했다고 했다. 사연이 절절했다. 그래서 짧은 스트레이트 기사를 내러티브 형식의 글로 재구성해 보았다.

다카마쓰의 아내 유코는 일본 미야기 현 근처에 있는 은행 직원이었다. 2011년 3월 11일 마을에 거대한 쓰나미가 덮쳤다. 유코를 비롯한 은행 직원 대부분이 실종됐다. 나중에 발견된 그녀의 휴대전화에는 남편에게 보내지 못한 문자 메시지가 남아 있었다. "여기 쓰나미가 엄청나요. 집에 가고 싶어요. 여보."

문자 메시지를 본 남편 다카마쓰는 가슴이 찢어지는 듯했다. 그는 아내가 실종된 뒤에는 은행 근처에도 가지 않았다. 유니폼을 입고 있는 아내의 모습이 자꾸만 어른거렸고, 어디선가 살려달라고 울부짖는 그녀의 목소리가 환청처럼 들려왔기 때문이다.

그는 아내의 주검이라도 찾고 싶었다. 지역 해상보안청의 도움을 받아 다른 은행 직원의 시체가 발견된 지점을 중심으로 수색 활동을 펼쳤지만 유코의 흔적은 찾을 수 없었다.

결국, 직접 바다에 들어가기로 했다. 잠수부 자격증을 따기로 결심한 것이다. 다카마쓰는 1년 넘게 준비한 끝에 자격증을 취득했다. 문제집과 참고서를 달달 외웠고 집 근처 수영장에서 실기시험을 준비했기에 가능한 일이었다.

환갑을 앞둔 그는 오늘도 자맥질한다. 그리고 다짐한다. 바닷속 어딘가에 있을 아내를 기필코 찾아내 집으로 데려오겠노라고.

영화나 동화 속 사랑은 기적을 만들어내지만, 현실의 사랑은 그리 녹록하지 않다. 사랑은 만병통치약이 될 수 없다.

사랑은 때때로 무기력하다. 사랑이 우리를 행복하게 해주기는커녕 오히려 사랑 때문에 고통의 나날을 보내야 하는 경우도 허다하다.

다만 사랑은 동전의 양면 같은 성격을 지닌다. 우리를 절망의 구렁텅이로 들이밀기도 하지만, 그 구렁텅이에서 건져 올리는 것 역시 사랑이라는 이름의 동아줄임을 부정할 수 없다.

우리를 망가뜨리지 않는 사랑은 우리를 강하게 만든다. 사랑의 가치를 부정할 수 없는 이유도 여기에 있지 않을까?

빵을 먹는 관계

난 빵을 좋아한다.

오죽하면 초등학교 그림일기에 "나는 커서 빵집 딸과 결혼하고 말 테야"라는 문장을 적었을까. 단, "빵을 굽는 제빵사가 될 테야"라고 적지 않은 걸 보면, 누군가 만들어주는 빵을 그저 편하게 먹고만 싶었던 것 같다.

지금도 난 빵을 좋아한다. 빵집에서 약속을 잡을 때도

잦다. 오늘도 업무차 만난 지인과 빵을 몇 조각 나눠 먹었다.

누군가와 얼굴을 마주하고 빵을 먹는 행위는 해석하기에 따라 그리 가볍지 않은 의미가 있다.

회사를 뜻하는 단어 컴퍼니company는 com함께과 pany라틴어로 빵을 의미가 결합한 꼴이다. 이를 '함께 빵 팔아서 돈 번 기업'으로 해석하는 사람은 없을 테지?

어려운 시기일수록 작은 빵을 나눠 먹는 돈독한 관계, 로 풀이해야 제대로 된 해석이다. 음식을 권하면서 끼니를 해결하고 일상의 고단함과 온기를 공유하는 사이 말이다. 어떤 면에선 식구食口 같은 단어와도 맥을 같이한다.

언젠가 철학자 강신주 박사가 방송에 출연해 말했다. 그는 "한 끼를 해치워야 한다는 의무감으로 먹는 음식은 식사가 아니라 사료에 가깝습니다"라며 식사와 사료의 개념 차이를 설명했다. 조금 과장된 얘기일 수도 있으나, 그 말을 듣는 순간 나는 맞장구를 치면서 연신 고개를 끄덕였다.

이 글을 읽는 누군가는 식사 때마다 마주해야 하는 직장 동료나 가족의 얼굴을 떠올릴 수도 있을 것이다.

그리고 그들과 한자리에 둘러앉아 식사할 때 입안으로 음식물을 밀어 넣기 바쁘다면, 평소 드나드는 식당에 밥을 먹으러 갔다가 자리가 없어 모르는 사람과 우연히 합석한 것처럼 무표정한 얼굴로 허겁지겁 숟가락질을 하고 있다면?

그건 서로의 관계가 생각보다 끈끈하지 않음을 방증傍證하는 것인지도 모른다. 어쩌면.

●

길을 잃어버린 사람들

음악영화의 대명사라고 해도 과언이 아닌 영화 '비긴 어게인'은 어디선가 본 듯한, 흔하디흔한 내용이다. 영화는 두 남녀가 길을 잃고, 누군가를 만나고, 잃어버린 길을 다시 찾는 과정을 그렸다.

한때는 잘 나갔지만 가정과 조직에서 버림받은 중년의 음반 프로듀서 댄, 남자친구와 이별한 뒤 뉴욕 한복판에 남겨진 싱어송라이터 그레타가 우연히 만나 미묘한 감정을 나눈다. 15세 관람가라서 그런지 둘은 넘지 말아야 할 선을 넘지 않는다. 착한 영화다.

하지만 음악의 힘은 이러한 진부함을 철저하게 무너뜨린다. 적재적소에 배치된 노래가 영화의 헐거움을 가득 채운다. 서정적인 포크송은 인물들의 감정을 효과적으로 대변하고, 귀에 콕콕 박히는 중독성 강한 음악은 관객의 어깨를 들썩이게 한다.

영화를 보고 나서 여의도 거리를 걸었다. 한때는 황금빛을 뽐내던 노란 단풍잎이 어느새 진갈색 낙엽으로 변해 이리저리 나뒹굴고 있었다.

내가 한 발짝 내디딜 때마다 바스락 소리가 났다. 무심한 가을바람이 휙 하고 불었다. 잘게 부서진 낙엽은 공중으로 붕 떠올랐다가 이내 흔적도 없이 사라졌다.

발걸음을 돌려 집으로 향하는 길, 영화 속 댄과 그레타도 길을 잃었을 땐, 군말 없이 흙으로 돌아가는 저 낙엽 같은 심정이었을 거란 생각이 들었다. 저항의 몸부림 하나 없이 그 자리에 주저앉고 싶었으리라.

하지만 그들은 흔들릴지언정 무너지지는 않았다. 음악을 버팀목 삼아 기억 저편으로 사라졌던 꿈을 되살려냈다. 뉴욕의 거리를 떠돌며 음반 작업에 매달리면서, 자신만의 길을 걸어가는 일을 다시 시작했다. 제목 그대로 '비긴 어게인' 한 것이다.

영화에 삽입된 노래를 흥얼거리며 상상해본다. 댄과 그레타가 관객을 향해 하려 했던 말은 무엇일까. 상상은 자유라고 했다. 그들은 이런 이야기를 하고 싶었던 게 아닐까?

"세월이 흐른 뒤 어렴풋하게 깨달았어요. 아니 겨우 짐작합니다. 길을 잃어봐야 자신만의 지도를 그릴 수 있다는 것을. 그리고 진짜 길을 잃은 것과 잠시 길을 잊은 것은 다를 수도 있다는 것을…."

-

사족蛇足.
영화 '비긴 어게인'의 개봉 전 영어 제목은 'Can a song save your life?'였다고 한다. 해석하면 '음악이 당신의 삶을 구할 수 있나요?'가 된다. 이 질문에 대한 내 대답은 명확하다. "그럼요. 때론 음악이 인생은 물론 영화까지 구해내곤 하죠."

활자 중독

국어사전에서 '중독'을 찾으면, 무언가를 지나치게 복용한 결과 그것 없이는 견디지 못하는 상태, 어떤 사상이나 사물에 젖어 버려 정상적으로 상황을 판단할 수 없는 상태라고 기술돼 있다.

중독, 나쁜 거 맞다. 중독中毒은 독毒이다. 지나치면 목숨까지 위태롭게 만드는 독. 그래서 다들 중독에서 벗어나기 위해 애쓴다.

그러나 무언가에 취하지 않으면, 무언가에 홀리지 않으면 별 재미가 없는 게 인생인지도 모른다. 그리고 때론 중독이라도 된 것처럼 애착을 갖고 무언가에 깊이 있게 파고들 때 팍팍한 삶을 견딜 수 있다.

누군가 "그럼, 이기주 작가는 어떤 것에 중독돼 있어요?" 하고 물을 수도 있겠다. 난 주저하지 않고 "활자"라고 답할 것이다. 책이든 광고 카피든 기사든 눈앞에 활자가 펼쳐져 있으면 눈을 동그랗게 뜨고 끝까지 읽어야 속이 시원하다.

·

'활자 중독자'가 된 계기가 있다. 어린 시절 아버지와 함께 청계천 근처 골목을 걷다가 쿼쿼한 종이 냄새에 이끌려 작은 헌책방에 들어갔다.

책방 내부는 영화 '인디아나 존스'에서 주인공이 횃불을 들고 드나드는 동굴처럼 어둑어둑했다. 창문을 뚫고 들어온 빛줄기만이 채 풀지 않은 책 꾸러미 위로 또렷하게 쏟아지고 있었다.

순간 어느 책의 제목처럼 헌책들이 내게 말을 걸어왔던 것 같다. "어서 와. 마음껏 펼쳐 읽으렴."

그때 난 세월과 함께 퇴적된 책 냄새를 맡으며 시간 가는 줄 모르고 이런저런 책을 뒤적였다. 활자에 탐닉하기 시작하면서 틈이 날 때마다 헌책방 골목을 기웃거렸다.

골목으로, 매번 더 깊은 골목으로 들어갔다.

중독은 더 심한 중독으로 고칠 수밖에 없는 법.

대학에 입학해서는 헌책방보다 북 카페에 자주 드나들었다. 그곳에서도 매끈하고 깨끗한 책보다는 출간된 지 비교적 오래된 책, 어느 한쪽이 일그러졌거나 상처를 입어 누군가에게 버림받았을 것 같은 책만 골라 읽었다.

아마 책의 낱장을 넘길 때마다 코끝에 와 닿는 헌책

특유의 꿉꿉한 냄새와 손끝에 전해지는 눅눅한 감촉을 은연중에 느끼고 싶었던 모양이다.

세월이 흘렀다. 아직 활자 중독에서 벗어나지 못한 나는 글을 쓰고 책을 만들며 살아가고 있다. 책을 펴낸 다음 서점을 찾아 책이 머무는 장소를 답사하고 책의 운명을 가늠하는 일은, 일종의 순례巡禮 행위가 돼 버렸다.

여전히 난 활자의 힘을 믿는다.

활자의 집합체인 책을 끌어안은 채 단어와 문장을 더듬거리며 살아가는, 사람이란 존재에 대한 믿음이 여전하기 때문이다.

●

경비 아저씨가 수첩을 쓰는 이유

최근 작업실을 옮겼다. 짐을 꾸린 뒤 경비 아저씨와 몇 마디 주고받았다. 마지막 인사를 나누고 돌아서려는 찰나, 한동안 잊고 지낸 흐릿한 기억이 머릿속에서 푸른 파도처럼 일렁였다.

기자 시절 근무하던 언론사 건물에는 머리가 희끗희끗한 경비 아저씨가 있었다. 키가 크고 마른 편이었는데 잠시도 몸을 놀리지 않았다.

항상 잰걸음으로 건물 곳곳을 누비며 맥가이버처럼 온갖 시설과 설비를 점검했고, 담배꽁초 같은 자잘한 쓰레기를 발견하면 가제트 팔이라도 있는 것처럼 손을 쭉 뻗어서 재빨리 주워 담았다.

어르신은 평소 'OO 은행' 로고가 새겨진 낡은 가죽 수첩을 신줏단지 모시듯 들고 다녔다. 어떤 내용이 적혀 있을지 궁금했다.

궁금증이 쌓여가던 어느 날, 어르신은 커피 자판기 근처에서 수첩을 펼쳐놓은 채 뭔가 유심히 들여다보고 있었다. 난 이때다 싶어 길고양이처럼 살금살금 다가가 수첩에 있는 문장을 야금야금 훑어보았다.

그런데 웬걸, 수첩에는 굵은 볼펜으로 꾹꾹 눌러쓴

것 같은 기념일 몇 줄만 덩그러니 쓰여 있었다. 한 장에만 적은 것 같지 않았다. 몇 장에 걸쳐 비슷한 단어와 숫자가 적혀 있었다.

우리가 처음 만난 날 4월 23일
마누라 생일 2월 17일

당신을 만난 때 4월 23일
당신 태어난 날 2월 17일

결혼기념일? 아내를 처음 만난 날? 평소 어르신이 애처가의 면모를 보이기는 했지만 언뜻 이해가 되지 않았다. 왜 유사한 내용을 반복적으로 써 놓은 걸까.

의문이 풀리는 데 그리 오랜 시간이 걸리지 않았다. 몇 달 뒤 어르신이 경비 일을 그만두던 날 애잔한 사연을 들을 수 있었다.

어르신은 속앓이하던 신자가 신부 앞에서 고해성사하듯 고개를 숙인 채 숙연한 표정으로 말했다.

"얼마 전에 내가 치매 판정을 받았어. 뭐라고 할까. 기억이 슬금슬금 도망치는 것 같기도 하고, 진귀한 보물을 강탈당하는 느낌도 들어…."

"정말요? 전혀 몰랐어요."

"음, 아침에 일어나면 모든 것이 희미해. 엊그제 일은 흐릿하고 일 년 전 일은 이미 머릿속에서 빠져나간 기분이야. 과거의 기억이 마구 뒤섞여 있어서 선명한 기억이 별로 없어. 그나마 진행 속도가 빠르지 않은 것을 위안으로 삼고 있다네."

"예…."

"하하, 너무 심각한 표정 짓지 말게. 어쩌겠나, 과거 속에서만 살 수는 없는 노릇이지 않나. 그냥 내게 주어지는 하루를, 내 생애 가장 젊은 날로 생각하기로 했지."

"가장 젊은 날…."

"참, 병원에서 진단을 받고 나오면서 중요한 결심을 했다네."

"어떤 결심을요?"

"응, 다른 건 다 잊어도 아내 생일 같은 건 잊지 말자고. 휴…."

"아…."

어르신은 말을 흐렸다. 나도 말을 흐렸다. 묻고 싶은 이야기가 많았지만 입을 다물었다. 침묵보다 나은 표현이 좀체 떠오르지 않았다.

나는 입은 벌리지 않았지만 귀는 더 크게 열었다. 어르신이 내뱉은 문장과 내쉰 숨소리에 귀를 기울였다. 그의 사연과 한숨에는 회한과 슬픔과 삶에 대한 애착 같은 것이 복잡하게 뒤섞여 있었다.

난 먹먹한 가슴을 쓰다듬으며 작별 인사를 건넸다. 가벼운 눈인사를 나누고 출구 쪽으로 걸어갔다. 별안간 "아내 생일"이라는 문장이 귓전을 때렸다. 어르신의 수첩에 빼곡하게 적혀 있던 날짜도 덩달아 떠올랐다.

아차, 어르신은 치매 진단을 받은 다음부터 자신의 기억을 지키기 위해 메모하는 일을 반복한 것인가?

영화 '메멘토'에서 단기 기억상실증에 걸린 남자가 몸에 문신을 그려가며 파편적인 기억을 재구성한 것처럼, 어르신도 동일한 문장을 수첩에 적어가며 아내와 나눈 추억을 붙잡고 싶었던 것이 아닐까?

어르신이 퇴직한 뒤 나는 이런저런 퍼즐 조각을 끼워 맞춰 동료들에게 이야기를 들려주었다. 경비 아저씨의 애틋한 사연을. 그리고 언젠가 확인하고 싶다고 했다.

내 추측이 맞는지 아니면 다른 사연이 있는 건지.

어떤 동료는 맞장구를 치기도 했으나 몇몇은 "왜 그런 걸 궁금해하느냐"라며 되레 나를 궁금해했다.

하지만 난 지금도 어르신이 사용하던 것과 비슷한 수첩을 볼 때마다 그가 어렵게 내뱉은 한마디를 떠올리곤 한다. 그 문장은 종종 내 머리와 가슴으로 들어와 리듬을 타며 찬찬히 흐른다.

"하루를 내 인생에서 가장 젊은 날로 받아들이기로 했지. 그리고 다른 건 다 잊어도 아내 생일과 결혼기념일 같은 소중한 것은 잊지 않으려 하네…."

한 기업에서 글쓰기 강연을 마치고 건물을 나섰다. 창을 비집고 들어온 햇살이 빼꼼하게 고개를 내밀었다. 티 없이 자란 앳된 꼬마 아이가 방글방글 웃으며 "삼촌" 하고 손짓하는 것 같았다.

불현듯 '볕뉘'라는 순우리말이 떠오른다. 작은 틈을 통해 비치는 햇볕이란 뜻이다. 해가 산이나 지평선 너머로 차츰 넘어가는 모양을 가리키는 부사로 '뉘엿뉘엿'이 있는데, 이와 무관하지 않다. 그늘진 곳에 미치는 조그마한 햇볕의 기운은, 햇살보다 왠지 볕뉘라는 낱말이 잘 어울리는 듯하다.

새삼 오래전 기억이 새롭다. 작가로 살아가기로 결심한 날, 내가 가장 먼저 한 일은 국어사전 위에 켜켜이 쌓인 먼지를 걷어내는 것이었다.

그 후 몇 권의 책을 펴내고, 생각과 감정을 문장으로 표현하기 위해 낱말을 매만지고 결합하면서, 우리말 사전을 뒤적이는 일이 부쩍 늘었다. 언론인 시절에는 단어의 유래와 어원을 일일이 찾아 공부하고 되씹지는 못했던 것 같다. 늘 분초를 다투며 시간과 싸워야 했으니.

'앎'은 '퇴적'과 '침식'을 동시에 당한다.

살아가면서 자연스레 알게 되는 지식이 있지만 시간의 흐름에 따라 깎이고 떨어져 나가는 지식도 많다. 공부는 끝이 없다는 뻔한 말이 새삼 무겁게 다가오는 경우도 많다. 여전히 모르는 게 많다는 사실을 깨닫게 되는 순간이 특히 그렇다.

그나저나, '불현듯'이란 말이 '불을 켠 듯'에서 유래했다는 설이 있다. 이 역시 흥미롭기만 하다.

글 앞에서 쩔쩔맬 때면 나는

책 쓰기는 문장을 정제하는 일인지도 모른다.

이른 아침 머리를 스쳐 지나간 생각, 깊은 밤 방 안에 홀로 있을 때 느낀 상념, 점심을 먹고 커피를 들이켜며 중얼거린 말에서 가치 없는 표현을 걸러낸 다음 중요한 고갱이를 문장으로 옮기고, 다시 발효와 숙성을 거쳐 조심스레 종이 위에 활자로 펼쳐놓는 일이 글쓰기라고, 나는 생각한다.

촘촘한 체를 쳐서 찌꺼기를 걸러내듯 문장의 불순물을 추려내는 작업이 유독 잘 되는 날이 가끔 있다.

그런 날이면 몸을 가득 채운 문장이 가슴의 둑을 터트려 홍수가 날 것만 같아서 머리에 맴도는 단어를 마구 쏟아내야 한다. 다시 한 번 강조하지만 늘 그런 것은 아니다. 어쩌다가 그렇다는 얘기다.

오늘은 홍수는커녕 비 한 방울 오지 않았다. 머리털을 쥐어뜯고 손바닥으로 얼굴을 감싸 봤지만 참신한 단어와 문장이 떠오르지 않았다. 모니터가 날 째려보는 것 같았다. 오전 내내 들숨과 날숨보다 한숨을 더 많이 토해낸 것 같다.

글 앞에서 쩔쩔맬 때면 나는 음악을 듣거나 밖으로 나가 걷는 편이다.

찬찬히 걸음을 옮기면서 생각의 속도를 늦추기도 하고, 차분한 음악에 귀 기울이면서 생각을 쌓아 올리거나 반대로 허물어버리기도 한다.

그러면 어느 순간, 생각이 사방으로 쭉쭉 뻗어 나간다. 반대로 잡다한 생각들이 하나의 소실점을 향해 달려가는 것처럼 느껴질 때도 있다.

오늘은 글쓰기에 대한 막막함이 밀물처럼 밀려오는

것 같아 노트북을 내팽개치고 집 근처에 있는 공원으로 산책을 나섰다. 걸음을 옮길 때마다 발밑에서 바스락거리는 소리가 솟아났다. 나는 그 소리를 길벗 삼아 평소보다 느린 속도로 산책로를 어슬렁거리며 공원 구석구석을 두리번거렸다. 그러면서 하얗게 부서지는 햇살을 몸에 바르고 얼굴을 스치는 바람의 결을 음미했다.

그러자 예전엔 들리지 않던 소리와 보이지 않던 풍경이 귀와 눈으로 밀려들기 시작했다. 어디선가 낯선 새소리의 선율이 날아와 머리 위로 내려앉았고, 햇살이 구름을 뚫고 내리꽂히는 각도에 따라 익숙한 나무의 생김새가 다르게 보였다. 뭐랄까, 걸어본 적 없는 산책로를 걷고 있는 듯한 느낌이 들었다.

우린 무언가를 서둘러 추진하거나 정면에서 마주할 때 오히려 그 가치를 알아채지 못하곤 한다. 글쓰기가 그렇고 사랑이 그렇고 일도 그렇다.

때로는 적당한 거리를 유지한 채 몸과 마음을 조금 느리게 움직여야 하는지 모른다. 한 발 뒤로 물러나 조금은 다른 시선과 속도로, 소중한 것일수록….

시작만큼 중요한 마무리

"산허리는 온통 메밀밭이어서 피기 시작한 꽃이 소금을 뿌린 듯 흐뭇한 달빛에 숨이 막힐 지경이다."

학창 시절 이효석의 〈메밀꽃 필 무렵〉을 읽다가 이 문장에서 멈칫하고 말았다. 검푸른 밤하늘에 흐드러진 달빛, 하얀 메밀꽃이 하늘거리는 광경을 어찌 이리 아름답게 묘사할 수 있을까, 감탄했다.

난 페이지를 넘기지 못하고 교과서 귀퉁이를 곱게 접

었다. 쉬는 시간마다 수시로 펼쳐 보며 누가 듣거나 말거나 나지막한 목소리로 낭독하곤 했다.

〈메밀꽃 필 무렵〉의 주인공 허 생원은 물방앗간 처녀와의 하룻밤을 평생의 추억으로 간직한 채 살아가는 장돌뱅이다.

그는 우연히 동행하게 된 젊은 장돌뱅이 동이가 자신과 같은 왼손잡이라는 사실을 알고 제 아들일지 모른다고 생각한다.

하지만 허 생원은 "동이가 내 아들이다"라고 단도직입적으로 말하지 않는다. 소설 속 어디에도, 영화 '스타워즈'에서 다스 베이더가 루크 스카이워커를 향해 외쳤던 "아임 유어 파더I'm your father" 같은 대사는 등장하지 않는다.

작가는 그저 "걸음도 해깝고 방울 소리가 밤 벌판에 한층 청청하게 울렸다. 달이 어지간히 기울어졌다"로 소설을 끝맺을 뿐이다. 동이를 제 아들로 직감하는 허 생원의 심리가 마지막 문장에 은근슬쩍 묻어나는 느낌이다.

이처럼 꽉 채우지 않고 일부러 내용을 덜어낸 듯한 마무리가 감동을 더하는 경우는 얼마든지 있다. 어니스트 헤밍웨이의 소설 〈무기여 잘 있거라〉도 마찬가지가 아닐까 싶다.

미국인 장교 헨리는 전쟁의 포화 속에서 캐서린을 만나 사랑을 나누지만 그녀는 출산 도중 아기와 함께 숨을 거둔다. 소설의 마지막 문장은 덤덤하다 못해 초라하다. 하지만 절절하기 그지없다.

'난 비를 맞으며 호텔을 향해 걸었다.'

소설을 덮기 직전, 나는 이 부분에 밑줄을 박박 그어가며 몇 번이고 소리 내어 읽었다. 그리고 전율했다.

모든 글은 시작만큼 마무리가 중요하다. 가슴 깊숙한 곳에 촘촘히 박힌 마지막 한 줄이 글의 주제를 바꿔놓기도 하고 결말의 수준에 따라 '글맛'이 달라지기도 한다.

거뭇한 키보드에서 손가락을 떼는 순간뿐 아니라 사람을 만나고 헤어지는 과정에서도 유종의 미는 중요하다.

모든 사귐은 하나의 여정旅程이다.

마지막 순간이 두 사람의 추억을 지배한다.

연인과 이별하고 돌아오는 길에 "우리 인연은 여기까지였나 봐. 아무튼 잘 지내…"라고 마지막 문자를 보냈더니 "ㅇㅋ" 답문을 받았다는 지인이 있다.

나는 이 얘기를 듣는 순간 잡다한 장르가 뒤죽박죽 뒤엉켜 있는 영화 한 편을 관람한 느낌이 들었다. 희극적인 요소가 다분한 멜로인지, 비극적 요소가 버무려진 코미디인지 헷갈렸다.

시작을 알리는 것도 중요하지만 끝을 알리는 것도 중요하다. 아니, 때론 훨씬 더 중요하다. 당사자에게 알려지는 것과 당사자에게 알리는 건, 큰 차이가 있다.

시작만큼 중요한 게 마무리다. 그게 무엇이든 간에.

003

행行, 살아 있다는 증거

모자가 산책을 나선 까닭

집 근처에서 목격한 귀중한 광경을 소개하련다. 몇 년 전의 일이다. 퇴근길마다 마주치는 모자母子가 있었다. 아들은 40대 중반쯤 돼 보였고 어머니는 백발이 성성해서 나이를 가늠할 수 없었다.

아들은 항상 목발을 짚고 엉덩이를 뒤로 쑥 뺀 채 엉거주춤한 자세로 걸었다. 혼자 걸음을 옮기지 못하는 듯했다.

자세히 보니, 작은 체구의 어머니가 뒤를 따라가며 아들의 뒷모습을 지켜보고 있었다. 아들이 넘어질라 치면 어르신은 황급히 일으켜 세웠다. 모자는 그런 동작을 되풀이했다.

산책이라고 하기엔 그 모습이 너무 힘겨워 보였다. 날씨가 좋지 않은 날 모자와 마주치기도 했는데 그때마다 난 '이런 날에는 그냥 집에 계시지…' 하는 생각도 했다.

시간이 흘렀다. 작년 말쯤인가. 구름이 잔뜩 몰려들어 당장에라도 비가 쏟아질 것 같았는데, 그날도 사내는 아파트 단지 내 산책로에서 입을 꾹 다문 채 조심스레 걸음을 내딛고 있었다. 한 손엔 목발 대신 얇은 지팡이가 들려 있었다.

그런데 전과 다른 모습이 눈에 띄었다.

사내의 옆을 지키던 어머니의 모습이 보이지 않았다. 설마?

며칠 뒤 경비 아저씨로부터 모자의 사연을 전해 들

었다. 남편과 일찍 사별한 뒤 몸이 불편한 아들을 홀로 키우며 삯바느질로 생계를 이어가던 어르신은, 종종 뭔가에 홀린 사람처럼 "나 때문에 아들이 아픈 건가 싶어. 미안해서, 내가 정말 미안해서 마음 편히 죽지 못할 것 같아"라며 소리를 지르곤 했다고 한다.

그러던 어느 날 어르신은 청천벽력 같은 소식을 들었다. 심한 복통에 시달리다 병원을 찾았다가 위암 말기 판정을 받은 것이다. 그러나 "남은 날이 길어야 1년입니다"라는 시한부 통고 앞에서도 노모는 무너지지 않았다.

늙은 어머니는 그날 이후 틈나는 대로 산책을 나서기 시작했다. 눈이 오나 비가 오나 공원을 거닐었다. 다리가 불편한 아들과 함께.

아들을 억지로 끌고 나선 이유는 무엇일까. 눈치 빠른 이라면 짐작하고도 남았을 것이다. 머지않아 어머니라는 존재 없이 혼자 바깥 생활을 해야 하는 아들에게, 어떻게든 두 발로 서서 삶을 헤쳐가게끔 걷기 연습을 시킨 것이다.

이는 다리가 불편한 아들을 위해 어르신이 해줄 수

있었던 최선의 그리고 마지막 선물이었으리라.

우린 생명으로 잉태되는 순간부터 어머니를 만난다. 혹자는 그걸 당연한 일로 여기기도 한다. 그러나 자식에 대한 어머니의 사랑만큼 맹목적인 것도 없다. 어머니는 자식을 대할 때 이해타산을 따지거나 손익 계산에 골몰하지 않는다.

위기에 처할 때 시금치를 한입 베어 물고 초인적인 힘을 발휘하는 뽀빠이처럼, 모든 어머니는 자신의 몸과 삶이 부스러지는 순간까지도 자식을 돕는다. 자식을 위해 자신을 내어 준다.

어머니와 자식의 만남은 단순한 생물학적 조우遭遇일 리 없다. 어쩌면 어머니란 존재는 험난한 과정을 거쳐 세상 밖으로 나온 우리에게, 신이 선사하는 첫 번째 기적인지도 모른다.

참, 아주 중요한 사실을 첨언하며 이 글을 마무리하려 한다. 요즘도 사내는 홀로 걷는 연습을 하는 것 같다. 엊그제 퇴근길에도 사내를 보았다.

그는 여전히 산책을 하고 있었다.

걸어가는 품새는 불안했다. 사내는 마치 다리를 지탱하는 뼈가 없는 것처럼, 온몸을 부르르 떨며 위태롭게 발을 옮겼다. 그의 양 볼엔 땀인지 눈물인지 분간할 수 없는 그 무언가가 하염없이 흘러내리고 있었다.

하지만 사내의 시선만큼은 침착하고 경건했다. 그의 눈빛에선, 어머니가 곁에 없지만 난 끝까지 가야 한다, 라는 결기 같은 것이 느껴졌다.

다른 한편으론 노모의 얼굴을 떠올리며 이를 악물고 걷는 것 같기도 했다. 내가 감히 짐작할 순 없지만 말이다.

●

바람도 둥지의 재료

흐린 가을이었다. 누군가에 대한 그리움을 꾹꾹 눌러 담아 하늘에 편지를 쓰고 싶은 그런 날이었다.

운전 중에 신호를 기다리다 작은 새 한 마리가 미루나무 꼭대기에 둥지를 짓는 모습을 보았다. 녀석은 제 몸길이보다 기다란 나뭇가지를 쉴 새 없이 운반하며 얼키설키 보금자리를 엮고 있었다. 기특해 보였다. 차를 멈추고 지켜보기로 했다.

그때였다. 휙 하고 한 자락 바람이 불었다. 미루나무가 여러 갈래로 흔들리자, 녀석이 애써 쌓아 올린 나뭇가지에서 서너 개 가지가 떨어져 나와 땅바닥으로 곤두박질했다.

궁금했다. 녀석은 왜 하필 이런 날 집을 짓는 걸까. 날씨도 좋지 않은데….

집에 돌아와 조류 관련 서적을 뒤적였다. 일부 조류는 비바람이 부는 날을 일부러 골라 둥지를 짓는다고 했다. 바보 같아서가 아니다. 악천후에도 견딜 수 있는 튼실한 집을 짓기 위해서다.

내가 목격한 새도 그러한 연유로 흐린 하늘을 가르며 날갯짓을 한 게 아닌가 싶다. 나뭇가지와 돌멩이뿐만 아니라 비와 바람을 둥지의 재료로 삼아가며.

이세돌이 증명하다

어제 이세돌 구단과 알파고의 바둑 대결을 시청했다. 전문가들은 현존 최강 프로기사 중 한 명인 이 구단이 누워서 떡 먹기 식으로 이길 것으로 봤지만 그런 예상은 첫판부터 빗나갔다.

이 구단은 인공지능에 연달아 패했고 바둑계 안팎은 당혹감과 허탈감에 빠져들었다. 발에서 불을 뿜으며 날아다니는 귀여운 아톰 같은 '착한 인공지능'만 떠올리던 사람들은, 인간의 직관을 능가하는 알파고의 위력 앞에서 묘한 불안감을 느꼈다.

네 번째 대국이 시작될 무렵에는 다들 체념할 준비가 돼 있었다. 인류의 반격을 예상한 사람은 드물었다.

당사자인 이세돌은 달랐다. 덤덤하게 자신의 패배 원인을 분석했고 은밀하게 알파고의 약점을 파고들었다. 결국 기막힌 묘수로 값진 1승을 따냈다.

"한 판을 이겼는데 이렇게 축하받은 건 처음"이라고 말하는 이세돌 구단은 기쁨을 숨기지 못했고 바둑 해설위원들은 벅찬 심정을 숨기지 못했다.

"지금까지 본 수手 가운데 가장 충격적인 수입니다. 그런데 이건 좀 이상하지 않나요?"

"이상한 건가요? 사실 없는 수라고 봐야죠. 프로에서는 아예 시도하지 않는 수입니다. 아, 정말 온몸에 소름이 돋아요. 눈물이 날 것 같아요."

채널을 돌려 뉴스를 틀었다. 언론은 이세돌 구단이 인류의 위대함을 증명했다며 목소리를 높였다.

"인류의 마지막 전사가 알파고를 물리쳤습니다. 인간의 창의성이 얼마나 대단한지 증명했습니다."

“알파고도 신은 아닌 모양입니다. 인간의 의지 앞에서 마침내 무릎을 꿇었습니다.”

“인공지능도 한계가 있다는 사실이 드러났습니다. 다행입니다. 맘 편히 주무셔도 될 것 같습니다.”

텔레비전을 끄고 곰곰 생각했다. 이세돌 구단의 1승이 증명한 것은 과연 무엇일까. 차분히 대국을 복기復棋했다.

난 바둑 용어는 잘 모르지만 바둑판에 돌을 내려놓던 순간 뜨거워지던 이세돌의 눈빛을 기억한다.

그 눈빛에서 난,

이대로 물러설 수 없다는 비장함, 패배에서 승리의 요인을 찾겠다는 열의熱意를 보았다. 내가 만약 취재기자였다면 조금 다르게 기사를 작성했을 것 같다.

“이 구단은 오늘 아주 중요한 삶의 이치를 증명했습니다. 지는 법을 알아야, 이기는 법도 알 수 있다는 사실을 말입니다. 대국 현장에서, 이기주 기자였습니다.”

당신의 추억을 찾아드린 날

"전에 손수건 놓고 가셨죠? 챙겨 놨어요!"

언젠가, 잃어버린 줄 알았던 손수건을 미용실에서 우연히 되찾았다. 추억이 깃든 손수건을 건네받으면서 나는 오랜만에 꺼낸 코트에서 만 원짜리 지폐를 발견하기라도 한 사람처럼 피식 웃으며 미용실을 나섰다.

살다 보면 어떤 기억이나 물건을 다시 움켜쥐는 순

간 가슴 한쪽에서 스멀스멀 올라오는 희열이, 새로운 것을 손에 넣을 때 느끼는 성취감보다 더 귀하게 다가오는 경우가 있다.

게다가 그런 감정은 허전함이라는 묘한 상흔傷痕에 연고를 바른다. 소중한 것을 잃어버린 뒤 생긴 상처에 새살을 돋게 하는 치유제 같은 역할을 한다고 할까.

오래전 기억 한 토막이 스쳐 지나간다. 어머니는 가슴 한구석에 단짝 친구 한 명을 안고 살았다.

종종 친구에 대한 그리움을 털어놓으며 "더 늙기 전에 꼭 한번 보고 싶구나" 하고 입버릇처럼 말씀하셨다.

친구분을 찾는 과정이 그리 녹록하지는 않았다. 회사에 월차를 내기 위해 "어머니 중학교 동창을 찾아드릴 건데요" 말하자 상사는 '어디 아파요?' 하는 표정으로 내 얼굴을 뚫어지게 바라봤다. 그날 난 정말이지, 얼굴에 작은 구멍이라도 나는 줄 알았다.

겨우 월차를 내고 일산에서 대전으로 향했다. 주민센터에 도착해 친구분의 주소를 문의했더니 "제삼자가 주민등록을 열람하는 것은 주민등록법에 의해 제한됩니다…"라는 대답이 돌아왔다. 정확한 내용은 기억이 나지 않지만 대충 그랬던 것 같다.

결국 이전 주소와 출신 학교에 의지해 아파트 관리실을 전전했다. 허탕 치는 게 아닐까 하는 걱정이 앞섰지만 포기하지 않았다. 꼬박 7시간의 사투 끝에 최종 주소를 손에 넣었다.

약속 장소로 향하는 길, 운전석 옆자리에 앉은 어머니께 물었다.

"어머니, 설레세요? 친구분 만나면 이름 부르실 거죠?"

"…."

어머니는 구차한 대답 대신 희미한 미소를 지으며 고개를 끄덕였다. 그러고는 살포시 창밖을 응시했다. 차창 밖으로 봄날의 햇살을 가득 머금은 풍경이 펼쳐졌다. 도로변에 이름 모를 꽃이 만발해 있었다.

어머니가 스위치를 눌러 자동차 창문을 내리자 봄바람이 차 안으로 흘러들어왔다.

석양빛에 어머니의 눈동자가 반짝였고, 바람에 머리카락이 조심스레 흩날렸다.

어머니의 가슴에도 환하게 꽃이 피어난 듯했다.

잠시 뒤 충남 예산에 있는 허름한 다방에 도착했다. 최백호의 노래에 나오는 그야말로 옛날식 다방이었다. 주차를 하려는 찰나 찻집 입구에 중년 여성이 서 있는 모습이 눈에 들어왔다.

깔끔한 투피스 정장 차림에 도트 무늬 리본 블라우스를 입고 있었는데 살랑대는 봄바람에 약간 큰 스카프가 미세하게 움직였다. 그때였다. 자동차 시동을 끄기도 전에 어머니가 느닷없이 외쳤다.

"영희야!"

친구의 이름 첫음절을 발음하기 위해 입을 여는 어머니의 입술은 파르르 떨렸다. 두 여인은 흙먼지가 날리도록 빠른 걸음으로 다가가 손을 잡았다.

자리를 옮겨 식사하는 동안에는 기억 저편에 있던 옛 시절이 떠올랐는지 어머니와 친구분은 내내 눈물을 훔쳤다. 2시간 넘게 추억의 보따리를 풀어 보이며 지난 세월의 기쁨과 슬픔을 공유했고, 서로의 얼굴에 새겨진 주름을 읽으며 그간 겪었을 희로애락을 헤아리는 듯했다.

"옆집 살던 그 애 이름이 뭐더라. 양조장 집 아들, 걔가 너랑 나를 번갈아 따라 다녔잖니…."

우린 새로운 걸 손에 넣기 위해 부단히 애쓰며 살아간다.

하지만 손가락 사이로 빠져나가는 것을 무작정 부여잡기 위해 애쓸 때보다, '한때 곁에 머문 것'의 가치를 재평가하고 그것을 되찾을 때 우린 더 큰 보람을 느끼고 더 오랜 기간 삶의 풍요를 만끽한다. 인생의 목적을 다시금 확인한다.

며칠 뒤 그날의 기억을 불러내 내가 목격한 장면 하나하나를 찬찬히 음미해 보았다.

가만히 생각해 보면 그때 난 50대 중년 여성이 아니라 친구를 만나 수줍어하는 10대 소녀 두 명을 보았던 것 같다.

●

사랑은 종종 뒤에서 걷는다

어느 유명한 사회심리학자가 그러더군. 사랑에는 여러 종류가 있는데 이성 간의 사랑은 그 가운데 가장 배타적이라고. 어쩌면 사랑이 두 사람을 단위로 한 이기주의일 수도 있다고.

그 말을 곰곰 되씹어봤다. 사랑에 빠지면 우린 상대방을 독점하고 싶어 한다. 그러므로 사랑에는 이기적인 요소가 있다고 말할 수도 있을 것이다.

그러나 그런 규정만으로 사랑의 본질을 단언할 순 없다. 사랑만큼 복잡한 감정도 없다. 기질이 전혀 다른 두 사람이 서로를 보완하고 아끼는 마음도 사랑이며, 각자가 지닌 삶의 조각을 맞추거나 서로에게 맞춰지는 형태로 나타나는 것 또한 사랑이다.

언젠가 버스를 타고 신촌 거리를 지나고 있었다. 느릿느릿 걸어가는 노부부가 눈에 들어왔다. 젊은이들보다 확연히 느린 속도로 걷고 있었는데 두 분이 한 발 한 발 내딛는 걸음새가 꽤 묘하게 보였다.

난 유심히 지켜봤다. 키가 큰 할아버지는, 키가 작은 할머니가 두 걸음 정도 내딛는 모습을 확인한 뒤 찬찬히 한 걸음 내디뎠다. 다리를 저는 할머니를 위해 미묘한 타이밍으로 보조를 맞추는 듯했다.

노부부의 모습에 가슴 한쪽이 아릿해졌다. 별안간 나는 이런 생각에 휩싸였다. 상대보다 앞서 걸으며 손목을 끌어당기는 사랑도 가치가 있지만, 한 발 한 발 보조를 맞춰가며 뒤에서 따라가는 사랑이야말로 애틋하기 그지없다고. 아름답다고.

그래, 어떤 사랑은 한 발짝 뒤에서 상대를 염려한다.

사랑은 종종 뒤에서 걷는다.

분노를 대하는 방법

분노는 인간의 보편적 감정인지 모른다. 살다 보면 누구나 상대방을 죽일 듯이 물어뜯고 싶은 순간이 있고 그런 감정을 제어하지 못해 속이 시커멓게 타들어 가는 경우도 많다.

화火를 참지 못해 크나큰 화禍를 당하기도 한다.

극지에 사는 이누이트에스키모들은 분노를 현명하게

다스린다. 아니, 놓아준다. 그들은 화가 치밀어 오르면 하던 일을 멈추고 무작정 걷는다고 한다. 언제까지? 분노의 감정이 스르륵 가라앉을 때까지.

그리고 충분히 멀리 왔다 싶으면 그 자리에 긴 막대기 하나를 꽂아두고 온다. 미움, 원망, 서러움으로 얽히고설킨, 누군가에게 화상을 입힐지도 모르는 지나치게 뜨거운 감정을 그곳에 남겨두고 돌아오는 것이다.

어느 책에서 이 얘기를 읽고는 내 분노가 훑고 지나간 스키드 마크를 되짚어 보았다. 가끔은 노여움을 놓아주지 못하고 붙잡으려 한 것 같아서, 그런 기억이 떠올라서 얼굴이 불그스레 달아올랐다.

그리고 어쩌면 활활 타오르던 분노는 애당초 내 것이 아니라 내가 싫어하는 사람에게서 잠시 빌려온 건지 모른다는 생각이 들었다. 시간이라는 냉각기를 통과해서 화가 식는 게 아니라, 본래 분노가 태어난 곳으로 돌아간 것일 수 있다고 생각했다.

빌려온 것은 어차피 내 것이 아니므로 빨리 보내줘야 한다.

격한 감정이 날 망가트리지 않도록 마음속에 작은 문

하나쯤 열어 놓고 살아야겠다. 분노가 스스로 들락날락 하도록, 내게서 쉬이 달아날 수 있도록.

동그라미가 되고 싶었던 세모

옛날 옛적에 세모와 동그라미가 살았습니다.
둘은 언덕에서 구르는 시합을 자주 했는데
동그라미가 세모보다 늘 빨리 내려갔습니다.

세모는 동그라미가 부러웠습니다.
그래서 달라지기로 했습니다.
동그라미를 이기기 위해

언덕에서 끊임없이 구르고 또 굴렀습니다.

어느새 세모의 모서리는 둥글게 다듬어졌습니다.
이제 동그라미와 비슷한 빠르기로
언덕길을 내려갈 수 있게 됐습니다.

하지만 천천히 구를 때 잘 보이던
언덕 주변 풍경을 제대로 감상할 수 없었고,
구르는 일을 쉽게 멈출 수도 없었습니다.

세모는 열심히 구른 시간이 아까웠습니다.
시간을 되돌려 과거로 돌아가고 싶었습니다.

하지만 어쩔 도리가 없었습니다.
겉모습이 거의 동그라미로 변해버렸기 때문에
두 번 다시 세모로 돌아갈 수 없었습니다.

지지향紙之鄕, 종이의 고향

엊그제 파주출판도시에 있는 배본사에 들렀다. 배본配本은 말 그대로 책을 배달한다는 뜻이다.

배본 창고에 들어서면 나무 냄새가 물씬 풍긴다. 파블로프의 개가 종소리만 들어도 먹이 생각에 침을 흘리듯, 난 이곳에 오면 '종이는 나무의 유전자를 갖고 있다'라는 시집을 떠올리곤 한다.

출판사가 제작한 도서는 배본사가 관리하는 창고에

머물다 세상으로 나아간다.

모든 책이 독자의 부름을 받는 것은 아니다. 어떤 책은 이곳에 들어오자마자 곧장 서점으로 배송되지만 평생을 음습한 창고 구석에 갇혀 지내다 생을 마감하는 비운의 책도 많다.

파주출판도시에 지지향紙之鄕, 종이의 고향이라는 이름의 게스트하우스가 있는데, 나는 그 작명법을 그대로 적용해서 배본사에 서지향書之鄕, 책의 고향이라는 이름을 지어 주고 싶다.

참, 일전에 지지향에 며칠 묵은 적이 있다. 방마다 '박완서의 방' '김훈의 방' 같은 식으로 작가의 명패가 붙어 있었다.

객실에는 텔레비전이 없는 대신 책이 그득해서 검색이 아닌 사색에 빠지기 좋았다. 방에 들어서는 순간 나는 앞뒤 생각할 것도 없이 휴대전화를 끄고 휘리릭 잠적하고 싶은 충동을 느꼈다.

몇 해 전 이곳에 '지혜의 숲'이라는 대형 서가書家가 들어섰다. 한글 자모를 본뜬 책꽂이에 수십만 권의 책이 빼곡하게 꽂혀 있는데 사람 손이 닿는 곳은 겨우 네 칸 남짓이다. 나머지는 그냥 바라볼 수밖에 없는 전시용 도서에 불과하다.

이를 두고 다양한 의견과 해석이 나온다. "출판단지에서 꼭 가봐야 할 명소"라고 치켜세우는 이도 있지만 혹자는 "종이의 고향이 아니라 종이의 무덤이 됐다"고 폄훼하기도 한다.

한가로이 지혜의 숲을 거닐다 보면 이런 생각도 든다. 하여간 음악도, 그림도, 글도, 심지어 공간도 채우기보다 비우기가 어려운 건지 몰라!

비우는 행위는 뭔가를 덜어내는 것만을 의미하지 않는다. 비움은 자신을 내려놓은 것이며 자기 자리를 누군가에게 내어 주는 것이다.

여백이 있는 공간을 만들면 신기하게도 그 빈 공간을 다른 무언가가 채우기 마련이다. 반대로 무언가를 가득 채우려 하다가 아무것도 채우지 못하는 경우를, 나는 정말이지 수도 없이 목격했다.

감정은 움직이는 거야

어쩌다 '연애 리얼리티 쇼'에서 섭외 요청이 들어올 때가 있다. 연락한 사람의 성의를 봐서 고민하는 척하며 뜸을 들이기도 하지만 결국 거절한다.

리얼리티 쇼는 말 그대로 리얼리티를 가미한 쇼다. '쇼'가 주된 재료이며 '현실'은 양념이다. 떡볶이 위에 치즈를 많이 뿌린다고 해서 그게 갑자기 피자가 되지 않는 것처럼, 리얼리티 쇼에 리얼리티적인 요소를 많이 섞는다고 해서 하루아침에 현실의 이야기가 되는 것은 아니다.

그런 쇼는 마른 수건 쥐어짜듯 재미를 추출한다. 오로지 재미라는 목적지를 향해 달리는 폭주 기관차 같다. 도중에 멈출 수 없는, 가속이 붙을수록 목적지를 향해 더 빠르게 내달리는.

가장 별로인 건, 쇼에 출연하는 남녀의 사랑을 연출하려 든다는 점이다.

다르다는 사실에 끌릴 때가 있고 생각대로 되지 않아서 소중한 게 남녀 사이의 감정인데 리얼리티 쇼는 이를 깡그리 무시한 채 우리에 갇힌 동물을 바라보듯 출연자가 주고받는 감정을 관람한다. 그러는 사이 시청자를 '감정의 사파리'로 안내한다.

감정은 연출의 대상이 될 수 없다. 시청률과 바꿀 수 없고 돈으로도 구매할 수 없다.

감정은 비매품非賣品이다.

혹자는 감정도 돈으로 살 수 있다고 강변할지 모르지만 그건 진짜 사는 게 아닐 것이다. 가짜 감정을 잠깐 대여하는 것에 지나지 않는다. 대여는 반환을 전제로 한다. 도서관에서 빌린 책을 반납하듯 반드시 돌려줘야 한다.

이를 부정하고 싶은 마음이었는지, 영화 '봄날은 간다'의 상우유지태는 몸서리치며 절규했다. "어떻게 사랑이 변하니?"라고.

질문 같기도 하고 탄식 비슷하기도 한 이 문장을 듣는 순간 우린 피식 웃게 된다.

사랑을 겪어본 사람은 안다. 진한 사랑일수록 그 그림자도 짙다는 사실을, 태양처럼 찬란하게 빛나던 사랑도 시간 속에 스러진다는 것을, 설령 사랑이 변하지 않더라도 언젠가 사람이 변하고 만다는 것을.

감정을 의미하는 영어 단어 이모션emotion의 어원은 라틴어 모베레movere다. '움직인다'는 뜻이다. 감정은 멈추어 있지 않고 자세와 자리를 바꿔 가며 매 순간 분주하게 움직인다.

그래서 어떤 이들은 말한다. 이별 또한 사랑의 전개 과정이라고. 사랑이 기승전결起承轉結을 거친다는 사실을 인정해야 한다고.

어쩌면 우린 사랑이 한결같을 거란 믿음에서 벗어나

야 하는지도 모른다. 사랑의 쇠퇴와 소멸을 감지할 때 지난 사랑의 생채기를 아름다운 추억으로 간직할 수 있고, 새롭게 다가온 사랑 앞에서 용기를 낼 수도 있을 테니 말이다.

연애 리얼리티 쇼는 이러한 사랑의 기승전起承轉을 생략하고 오로지 사랑의 결結에만 조명을 비추는 방식으로 사랑을 바라본다.

그건 시간과 정성을 들여 요리해야 제맛이 나는 사랑이라는 슬로푸드의 재료를, 당장 맛은 좋을지 몰라도 몸에 이로울 리 없는 패스트푸드로 대충 조리해서 먹는 것과 같다. 심히 애통한 일이다.

제주도가 알려준 것들

지난겨울 제주도에 볼일이 있었다. 출발하기 하루 전 소지품을 꾸렸다. 여행을 앞두고 짐을 챙길 때 중요한 건 '챙기기'가 아니라 '버리기'가 아닐까 싶다.

어떤 물건을 가방에 담느냐보다 무엇을 두고 가느냐가 여행의 성패에 훨씬 더 큰 영향을 미치기도 한다. 쓸데없는 걸 가방에 구겨 넣으면 나중에 대가를 혹독하게 치러야 한다. 필요 이상으로 무거운 짐이 여행의 질을 떨어트리기 마련이다.

제주로 향하던 날, 나는 가방을 최대한 가볍게 했다. 활용도 높은 물건만 챙긴 다음 김포공항에서 비행기에 올랐다. 1시간 10분 뒤쯤, 제주공항 활주로에 진입한 비행기가 덜커덩 소리를 내며 지상에 내렸다. 평소보다 착륙의 진동이 크게 느껴졌다. 어, 이거 뭐지? 순간 불길한 예감에 휩싸였다.

일정을 모두 마친 다음 날 오후, 공항으로 이동하던 길이었다. 찔끔 흩날리는 수준이었던 눈발이 점차 굵어지면서 도로에 수북하게 쌓여가고 있었다.

부리나케 일기예보를 확인하니 '제주 전역에 폭설이 쏟아졌습니다. 하늘길과 바닷길이 모두 막혔습니다. 7년 만에 한파주의보가…'라는 문장이 눈에 들어왔다. 시선을 멈추었다. 읽고 싶지 않았다.

공항에 도착해 청사로 들어서는 순간 멈칫했다. 고민했다. 기상 여건이 호전되기를 무작정 기다릴 것인가, 아니면 공항과 가깝고 저렴한 숙소를 후다닥 구하는 게 나을까.

결국 난 본능적으로 '셀프 유폐'를 택하기로 하고 곧

장 그곳을 빠져나왔다. 공항을 나서는 길, "결항? 지금 나랑 장난하는 거야?"라며 비분강개하는 목소리가 여기저기서 들려왔다.

\

그나마 재빠르게 움직인 덕분인지 전망 좋은 호텔에 묵게 됐다. 기대 반 우려 반 하는 마음으로 뉴스를 틀었다. 여전히 공항은 폐쇄 상태.

순간 배에서 꼬르륵 소리가 났다. 우리 몸은 되게 솔직하다. 특히 내장 기관은 솔직하다 못해 뻔뻔하다. 평소보다 음식물을 덜 공급받으면 지체 없이 개구리울음 비슷한 소리를 내며 "빵이든 밥이든 어서 드세요!" 하고 시위라도 하는 것 같다. 물론 배가 고플수록 소리의 울림도 크다.

안 되겠다 싶어 난 무릎까지 쌓인 눈을 헤치며 근처에 있는 커피전문점을 찾아갔다.

30분 넘게 걸어 도착한 그곳에서도 결항의 흔적을 절감하고 말았다. 안내판이 붙어 있었다. '폭설로 인해 빵과 케이크 등 일부 품목은 판매하지 못하고 있습니다. 양해 바랍니다.'

결국 커피와 물로 주린 배를 채우고 호텔로 돌아왔다. 잠이 오지 않아 새벽에 창밖을 바라봤다. 여전히 눈이 내리고 있었다.

하늘에 구멍이라도 뚫린 것처럼 눈발이 내려앉은 자리에 또 다른 눈발이 쏟아지고 있었다. 중학교 한문 수업 시간에 설상가상雪上加霜이란 사자성어를 아이들에게 알려줄 때 이 광경을 보여주면 효과 만점일 거란 생각이 들었다.

주차된 차들도 죄다 눈 속에 파묻혔다. 멀리서 보면 자동차인지, 생크림 케이크 위에 얹어진 네모난 화이트 초콜릿 조각인지 도무지 분간하기 어려웠다.

소설 〈설국〉의 첫 문장이 눈과 머리에 맴돌았다.

'국경의 긴 터널을 빠져나오자, 눈의 고장이었다. 밤의 밑바닥이 하얘졌다….'

\

다음 날 아침, 바람에 실려 오는 바다 내음이 코를 간질이는 바람에 잠이 깼다.

거리로 나섰다. 눈발이 점차 가늘어지고 있었다. 난 어제 마시다 남긴 차가운 커피를 들이켜며 제주의 겨울

풍광을 감상했다.

묘했다. 겨울은 본디 스산한 계절인데 제주의 겨울은 그렇지 않은 듯했다. 자칫 쓸쓸할 수도 있는 너른 여백을, 돌과 물과 나무와 바람이 적절히 메워주고 있었다.

제주도의 겨울은 황량하지도, 쓸쓸하지도 않았다. 오히려 포근한 느낌이었다.

제주의 산山 역시 그렇다. 제주도 곳곳에 솟아 있는 산은 산세가 가파르지 않고 유순하다. 거만하지가 않다. 사람으로 비유하면 인자한 어머니가 두 팔을 벌려 자식을 안아주는 모습이다.

모르긴 몰라도 저 산들은, 세월의 흐름과 함께 더 완만해질 것이 분명하다. 비바람과 풍화작용을 거치면서 더 부드러운 곡선이 될 것이다.

자식을 위해 자신을 희생하는 우리네 어머니들의 허리가, 자연스레 하늘보다 땅에 가까워지는 것처럼.

＼

사흘 뒤 드디어 제주도를 벗어나게 됐다. 폭설로 발이 묶이면서 사나흘 정도 시간을 잃었지만 한편으론 뭔가를 얻어 가는 느낌도 들었다. 며칠 새 제주도는 내게 소박한 권고勸告를 했던 것 같다.

"이 작가, 엎어지면 좀 쉬어가요. 가끔은 명료한 공백을 가져봐요."

종종 공백空白이란 게 필요하다. 정말 이건 아닌 것 같다는 생각이 들 때, 무언가 소중한 걸 잊고 산다는 느낌을 지울 수 없을 때 우린 마침표 대신 쉼표를 찍어야 한다.

공백을 갖는다는 건 스스로 멈출 수 있다는 걸 의미한다. 제 힘으로 멈출 수 있는 사람이라면 홀로 나아가는 것도 가능하리라.

그러니 가끔은 멈춰야 한다.

억지로 끌려가는 삶이 힘겨울수록, 누군가에게 얹혀가는 삶이 버거울수록 우린 더욱 그래야 하는지 모른다.

●

여행의 목적

광화문을 지나는 길 서울주교좌성당의 붉은색 지붕이 한눈에 들어왔다. 아주 오래전, 체코에서 카를교를 건너며 바라봤던 프라하 시내의 빨간 지붕 건물들이 떠올랐다. 저녁노을과 붉은색 지붕이 하나로 포개지던 모습을 카를교 위에서 넋을 잃고 쳐다보았던 것 같다.

밀도 있는 여행의 기억은 쉽게 지워지지 않는다. 사랑은 변하지만 사랑했던 사실만큼은 변하지 않는 것처럼.

여행旅行.

가슴에 불을 지피는 단어다. 일상의 버거움 때문에 자주 시도하지 못할 뿐이다. 여행의 사전적 의미는 일이나 유람을 목적으로 다른 고장에 가는 행위를 일컫는다.

하지만 이 정도 설명으로는 여행의 본질을 이해하기 어렵다. 이럴 때는 단어와 문장의 수집가로 불리기도 하는 소설가와 시인들의 이야기에 귀를 기울여봄 직하다.

> "참된 여행은 새로운 풍경을 찾는 게 아니라 새로운 눈을 갖는 것이다."
>
> - 마르셀 프루스트

> "여행은 도시와 시간을 이어주는 일이다. 그러나 내게 가장 아름답고 철학적인 여행은 그렇게 머무는 사이 생겨나는 틈이다."
>
> - 폴 발레리

밑줄 그을 만한 문장들이다. 이들의 이야기처럼, 우린 목적지에 닿을 때보다 지나치는 길목에서 더 소중한 것을 얻곤 한다.

어쩌면 여행의 궁극적인 목적은 '도착'이 아니라 '과정'인지 모른다.

그래서 난 장거리 이동을 할 때 비행기보다는 열차에 몸을 싣는 편이다. 기차를 타면 눈앞에 펼쳐지는 풍경을 찬찬히 응시할 수 있다. 이동의 과정을 음미하면서 멀어지는 것과 가까워지는 것을, 길과 산과 들판이 내게 흘러들어오는 것을 오롯이 느낄 수 있다.

어디 여행뿐이랴. 인간의 감정이 그렇고 관계가 그러한 듯하다. 돌이켜보면 날 누군가에게 데려간 것도, 언제나 도착이 아닌 과정이었다. 스침과 흩어짐이 날 그 사람에게 안내했던 것 같다.

한 번은 여행과 방황의 유사성에 대해 생각한 적도 있다. 둘 다 '떠나는 일'이란 점에서는 닮았다. 그러나 두 행위의 시작만 비슷할 뿐 마지막은 큰 차이가 있다.

여행을 의미하는 영어 단어 'tour'는 '순회하다' '돌다'라는 뜻의 라틴어 'tornus'에서 유래했다. 흐르는 것은 흘러 흘러 제자리로 돌아오는 속성을 지닌다. 여행길에 오른 사람은 언젠가는 여행의 출발지로 되돌아온다. 돌아갈 곳이 없다면 그건 여행이 아니라 방황인지도 모른다.

행여 여행길에서 하염없이 방황하고 있다 해도 낙담할 이유는 없다. 방황이 끝날 무렵 새로운 목적지를 향하고 있는 자신을 발견한다면, 훗날 그 방황은 꽤 소중한 여행으로 기억될 테니까.

어두운 밤을 받아들이지 마오

미세 먼지 때문에 고된 하루를 보냈다. 평소 이비인후 계통이 그리 예민한 편이 아닌데도 종일 입이 텁텁하고 코가 간질간질했다. 이런 날이면 크리스토퍼 놀란 감독이 관객을 놀라게 한 '인터스텔라'라는 영화가 떠오른다.

영화 속 지구는 황량한 디스토피아다. 쉼 없이 몰아치는 모래바람과 극심한 식량난. 지구의 수명이 다한 것처럼 보인다.

인류는 새 보금자리를 찾기 위해 우주여행을 계획하고, 평범한 농부로 살아가던 전직 파일럿 쿠퍼가 인류 구원이라는 특명을 받고 우주선에 몸을 싣는다.

우주여행은 지구로 돌아오지 못할 수 있다는 위험을 수반한다. 쿠퍼는 이런 사실쯤은 누구보다 잘 알고 있다. 그럼에도 그는 미지의 공간으로 떠난다. 사랑하는 딸과 아들의 미래를 위해 우주로 향한다.

쿠퍼가 가까스로 도착한 행성에선 생명의 근원인 물이 도리어 쿠퍼 일행의 생명을 위협한다. 희망이 절망으로 바뀌는 순간이다. 그러나 쿠퍼는 엄습하는 위험에 저항한다. 자신이 할 수 있는 모든 것을 시도하며 절망의 끝에서 희망을 찾기 위해 몸부림친다.

놀란 감독의 상상력이 빚어낸 우주 서사시의 종착역은 과연 해피 엔딩일까, 새드 엔딩일까.

영화 중간중간에 웨일스 출신 시인 딜런 토머스의 시가 흐르며 인물들의 절박한 심정을 대변한다.

순순히 어두운 밤을 받아들이지 마오

노인들이여 저무는 하루에 소리치고 저항하시오

분노하고 분노하시오 죽어가는 빛에 대해

- '순순히 어두운 밤을 받아들이지 마오' 中

선을 긋는 일

뉴스를 보았다. 한 아파트 주민들이 자기네 아파트와 임대 아파트 사이에 담을 설치했고, 결국 임대 아파트에 사는 아이들이 단지를 빙 돌아서 등교하고 있다고 했다. 텔레비전 채널을 돌렸다. 씁쓸한 생각이 밀려들었다. 왜 자꾸 나누고 구획區劃하려는 걸까. 인류의 불행 중 상당수는 사람과 사람 사이에 선을 긋는 행위에서 비롯되지 않던가.

그녀는 왜 찍었을까

종로 신문로에 있는 성곡미술관에 다녀왔다. 미술관 뒤편에 꽃과 나무로 이뤄진 좁다란 산책로가 길게 나 있어서 한가로이 거닐며 머릿속 생각을 비우기도 좋은 곳이다. 도심 한복판에 홀로 떠 있는 섬 같은 공간이라고 할까.

그곳에서 비비안 마이어라는 작가의 사진전을 보고 왔다. 비비안 마이어, 그녀는 생전에도, 또 사후에도 여전히 베일에 가려진 작가다.

평생 보모로 일했던 그녀의 목에는 늘 카메라가 걸려 있었다. 비비안은 출퇴근길 거리에서 만난 사람과 사물을 향해 부지런히 셔터를 눌렀다. 도시의 빛보다 그늘에 집중했고 소시민의 웃음과 눈물을 기록했다. 해맑은 어린이, 쇠잔한 노인, 술에 취한 노숙인을 카메라에 담았다.

그녀의 말년은 아름다운 사진과 달리 그리 아름답지 못했다. 경제적 어려움으로 노숙인 쉼터를 전전하며 끼니를 해결했고, 창고사진 보관을 위한 임대료를 내지 못해 작품을 압류당하기도 했으니 말이다.

온 인생과 영혼을 바쳐 찍은 사진을 빼앗겨서일까. 그녀는 낯선 사람이 다가오면 서럽게 울면서 고함을 질렀다고 한다.

비비안은 지난 2009년 재산 한 푼, 유언 한마디 없이 쓸쓸히 세상을 떠났다. 그녀의 유골은 딸기밭에 뿌려졌다.

이쯤에서 이런 질문이 나올 법도 하다. 그녀는 대체 왜 찍었을까?

힌트가 있다. 그녀는 거울과 쇼윈도에 비친 자기 모습을 곧잘 찍었다. 다만 우리에게 익숙한 '셀카'와는 결이 다르다. 셀카 속 비비안의 표정이 무덤덤하지만 평온하다는 점을 통해 짐작해보면, 그녀는 행복한 순간을 기록하기 위해 사진을 찍은 게 아니라 찍는 순간이 가장 행복했으므로 부지런히 셔터를 누른 게 아닐까 싶다.

드라마 미생의 대사처럼 요즘 우린 '삶'이라 쓰고 '버티기'라 읽으며 살아간다. 어쩌다 이런 지경에 이르렀으며, 이제 저마다 어떻게 버텨야 하는가?

비비안만큼은 이 질문에 대한 답을 알고 있었을지도 모른다. 어느 날, 그녀는 스스로 버티는 방법에 관해 고민했으리라. 그리고 답을 찾은 순간부터 기다란 목에 사진기를 걸친 채 그녀만의 시선으로 바라본 세상의 흔적을 남기며, 현실에 지지 않기로 결심한 게 아닐는지.

우린 어떤 일에 실패했다는 사실보다, 무언가 시도하지 않았거나 스스로 솔직하지 못했다는 사실을 깨달을 때 더 깊은 무력감에 빠지곤 한다.

그러니 가끔은 한 번도 던져보지 않은 물음을 스스로 내던지는 방식으로 내면의 민낯을 살펴야 한다. '나'를 향한 질문이 매번 삶의 해법을 제공하지는 않지만, 최소한 삶의 후회를 줄이는 데는 도움이 되는 것 같다. 살다 보니 그런 듯하다.

여러 유형의 기억들

국립세종도서관에서 인문학 강좌를 마치고 버스에 몸을 실었다. 강연을 위해 몇 차례 오간 길인데도 어딘지 낯설게 느껴졌다. 창밖으로 보이는 하늘과 도서관 주변 풍광이 새롭게 다가왔다.

이런 느낌은 미시감 未視感 이다. 여러 번 경험한 적 있는 일을 한 번도 일어나지 않았다고 느끼거나 그렇게 착각하는 것을 일컫는다. 기시감 既視感 의 반대 개념이다.

기억의 속성은 머리가 둘 달린 야누스처럼 이중적이다. 진한 기억은 가깝고 흐릿한 기억은 멀다.

십 년 전 일이 오늘 일처럼 또렷할 때가 있고 아무리 손을 뻗어 잡으려 해도 도저히 움켜쥘 수 없는 신기루 같은 기억도 있다. 가까운 기억과 먼 기억이 사이에서, 추억은 그렇게 줄달음친다.

단, 사랑에 대한 기억은 조금 복잡한 성격을 띤다. 사랑했던 사람과의 추억은 캠코더로 찍은 동영상이 아니라 뒤죽박죽 뒤섞인 폴라로이드 사진에 가깝다. 상처 뒤에 잠복해 있던 낱장의 사진 같은 기억이 제멋대로 튀어나와 아픈 가슴을 콕콕 후벼 파기 마련이다.

특히 흐지부지 가슴에 묻어야 했던 첫사랑의 그림자에서 벗어날 수 있는 사람은 별로 없다. 누구나 첫사랑의 "첫~"만 발음해도 가슴이 덜컥 내려앉는 순간이 있으며, "함께"가 아니라 "함께였다"고 회상하는 순간 과거의 기억이 파노라마처럼 펼쳐지기 마련이다.

옛사랑의 기억이 미치는 정서적 자장磁場, 자기장은 생각보다 넓다. 게다가 잊을 만하면 날아드는 스팸 문자처럼 시도 때도 없이 출몰한다.

그래서 어떤 이들은 주장한다. 인생을 효율적으로 살기 위해선 기억력記憶力이 중요하지만 사랑의 상처에서 벗어나기 위해선 망각력忘却力이 필요하다고.

그리고 어떤 이들은 상상한다. 옛 연인의 기억을 마음 내키는 대로 지울 수 있다면 얼마나 좋을까 하고.

이런 얼토당토않은 소망을 실행에 옮기는 남자의 이야기를 그린 영화도 있으니, 미셸 공드리 감독의 '이터널 선샤인'이다.

헤어진 연인에 대한 기억 때문에 괴로워하는 조엘은 족집게로 새치를 뽑듯 아픈 기억만을 선택적으로 없애준다는 회사를 찾아간다. 하지만 추억을 도려낼수록 가슴 깊이 남아 있던 추억의 조각들이 꿈틀꿈틀 되살아나 그를 괴롭힌다.

하긴, 상처란 것이 이별의 아픔을 정면으로 맞으며 몸부림친 흔적인데 어찌 쉽게 지울 수 있겠는가.

그런 기억은 옷에 묻은 얼룩을 세척제로 지워내듯 말끔히 씻어낼 수는 없다. 아니, 지우려 하면 할수록 더욱 선명해질 뿐이다.

어른이 된다는 것

●

학창 시절 빨리 어른이 되고 싶었다. '어른'의 사전적 의미도 제대로 몰랐지만 마냥 되고 싶었다. 그래서 어른 흉내도 내봤다.

어른이라는 목적지를 향해 열심히 내달렸다.

그러던 어느 날, 어른으로 불리는 사람들이 날 "어른"으로 인정을 해줬다. 잠시 멈춰 서서 주변을 살폈다. 전보다 천천히 걷고 있는 내 모습을 발견했다. 불현듯 궁금증이 치밀어 올랐다.

'도대체 어른이 뭐지?'

순수함을 포기하는 건가, 낙관과 비관을 되풀이하면서 현실에 무뎌지는 것인가, 아니면 삶의 다양한 가치를 획득해나가는 걸까, 꿈과 현실의 괴리를 인정하거나 반대로 메워나가는 것일까, 그것도 아니면 세상을 다 알아버리는 것?

'미라클 벨리에'라는 프랑스 영화가 있다. 웬만한 어른보다 더 어른스러운 사춘기 소녀 폴라의 성장기다. 가족 중 유일하게 듣고 말할 수 있는 폴라는 세상과 가족을 연결하는 통로 역할을 한다. 부모 대신 가축의 사룟값을 흥정하고 장터에 나가 치즈를 판매하며 생계를 돕는다.

폴라가 교내 합창단에 가입하면서 이야기가 묘한 방향으로 흐르기 시작한다. 그녀의 재능을 눈여겨본 합창단 교사의 권유로 폴라는 파리에 있는 합창 학교 오디션에 도전하지만 마음이 편할 리 없다. 자신의 도움이 필요한 가족을 남겨둔 채 혼자 도시로 떠날 수 없기 때문이다.

우여곡절 끝에 합창단 오디션에 참가한 폴라. 그녀는 비상飛上이라는 곡에서 이렇게 노래한다.

"사랑하는 부모님, 저는 떠나요. 사랑하지만 가야만 해요. 도망치는 게 아니랍니다. 날개를 편 것뿐이죠."

인생의 길을 걷다 보면 폴라처럼 낯선 방향으로 발을 내디뎌야 하는 순간이 있다. 인사를 나누고 돌아서는 작별이든 서로 갈리어 떨어지는 별리別離든 우린 인력人力으로 감히 어찌할 수 없는 헤어짐을 겪어야만 한다.

이때 아이와 어른의 경계에서 서성이기보다 눈물을 머금더라도 있는 힘을 다해, 제 발로 땅을 박차고 울타리를 뛰어넘어야 한다.

사실 어른이 되는 것 자체는 그리 중요한 일이 아니다. 어른으로 자라야 한다는 발상은, '어른인 사람이 어른이 아닌 사람보다 무조건 우월한 존재'라는 조금은 헐거운 논리를 바탕에 깔고 있다.

어른이 꼭 될 필요는 없다. 제대로 된 어른은 "나 어른이야!"라며 어른 대접을 해달라고 요구하지도 않는다. 그냥 어른답게, 그답게, 그녀답게 행동할 뿐이다.

'어른'이 되는 것보다 중요한 건 '진짜 내'가 되는 것이 아닐까?

고민을 해결하진 못해도 자신만의 방식으로 그것을 묽게 희석稀釋할 때, 꿈에 도달하지는 못하더라도 그 꿈과의 거리를 일정하게 유지하거나 지켜낼 때 우린 '어른'이 아닌 '나다운 사람'이 되는지도 모른다.

그리고 그렇게 살아가는 것이야말로 울타리 저편에 남겨진 소중한 사람과 추억에 대한 예의가 아닐까 싶다.

나이를 결정하는 요소

"나이를 결정하는 건 세월일까, 생각일까?"

"늙는다는 건 죽음에 가까워진다는 것을 의미하는가?"

이처럼 정답이 존재하지 않는 질문이 가슴 한구석에서 살금살금 고개를 들 때가 있다. 나이가 들수록 더욱 그렇다. 이럴 때는 똑 부러지는 정답을 얻기 위해 애쓰기보다 정답에 가까운 것을 직접 찾아 나서는 게 오히려 현명한 방법일 수 있다.

예를 들면, 우리의 생각과 감정을 물들이는 영화와 음악과 책 같은 삶의 참고서를 들여다보면서 스스로 주석을 달고 밑줄을 그으며 생각의 조각을 맞춰보는 식이다.

최근 '유스'라는 영화를 봤다. 한때 유명한 작곡가 겸 지휘자였던 프레드 밸린저는 은퇴 후 알프스에서 긴 휴가를 보내는 중이다.

어느 날 영국 왕실로부터 여왕을 위해 지휘를 해달라는 요청을 받는 프레드. 하지만 그는 "더는 지휘할 수 없다"며 일언지하에 거절한다. 과연 그는 공허의 끝자락에서 희망을 발견할 수 있을까. 잃어버린 삶의 의미를 되찾을 수 있을 것인가.

영화를 만든 파올로 소렌티노 감독은 전작 '그레이트 뷰티'에서 그랬던 것처럼 다양한 은유와 상징으로 화면을 그득하게 채웠다.

스크린에 펼쳐진 영상은 미술관을 거니는 듯한 착각에 빠지게 할 만큼 아름답고, 감독이 배치한 예술적 요소는 배우들이 내뱉는 선문답 같은 대사와 절묘한 조화를 이룬다.

이를테면,

"두려움이란 것도 경이로운 감정이죠."

"젊은 시절엔 모든 게 가까이 있는 것처럼 보이지만 나이가 들면 멀리 있는 것처럼 보여."

"준비된 사람은 없어. 그러니 걱정할 필요도 없어."

같은 철학적인 대사들이 '젊음이란 과연 무엇인가' 하는 질문을 던진다.

극장을 나서면서 나는 '나이 듦'에 관해 생각했다. '나이는 숫자에 불과하다'는 문장이 가장 먼저 떠올랐는데, 그건 광고 카피라이터가 만들어낸 카피에 불과하다는 생각을 지울 수 없었다. 나이의 한계는 엄연히 존재한다. '육백만 불의 사나이' '소머즈'가 영화가 아닌 현실이 되고, 그 보급형 모델이 등장하지 않는 한.

다만 한 가지 분명한 것은 시간과 세월만으로 나이가 결정되지 않는다는 점이다.

나이를 좌우하는 뜨거운 용광로가 있다고 치자. 거기에는 건강이나 신체적 상태가 가장 먼저 들어갈 테지만, 인간의 감정과 생각, 상상력, 그리고 두려움을 물리치는 용기, 안이함을 뿌리치는 모험심 같은 요소들도 뒤섞이기 마련이다.

단순히 '젊음'을 잃으면 '늙음'이 될까?

삶은 죽음으로 향하는 여정에 불과할까?

글쎄다. 어떤 이는 '늙은 젊은이'로 불리고 또 어떤 사람은 '젊은 노인'으로 불리는 걸 보면 '늙음 = 나이 듦'이라는 등식이 꼭 성립하는 건 아니다.

늙음은 무엇인가 하는 이 만만치 않은 질문에 여전히 나는 답을 하지 못하겠다. 다만 '낡음'이 '늙음'의 동의어라는 주장에는 절대 동의하지 않는다.

느끼는 일과 깨닫는 일을 모두 내려놓은 채 최대한 느리게 생을 마감하는 것을 유일한 인생의 목적으로 삼는 순간, 삶의 밝음이 사라지고 암흑 같은 절망의 그림자가 우리를 괴롭힌다. 그때 비로소 진짜 늙음이 시작된다.

여행을 이끄는 사람

초등학교 때 전교 어린이 부회장을 맡았다. 학교에 행사가 있는 날이면 학우들의 오와 열을 맞추거나 몰래 떠드는 아이를 잡아내기도 했다. 가끔은 무슨 감투라도 쓴 양 목에 힘을 주고 리더 행세를 했던 것 같기도 하다.

물론 좋은 기억만 있었던 것은 아니다. 같은 반 아이들이 사소한 잘못을 저지르면 선생님은 늘 나를 불러내 책임을 물었다.

당구가 취미인 어느 남자 선생님은 큐대엄밀히 말하면 큐대를 반으로 짧게 자른 것로 내 머리를 당구공 다루듯 콕콕 찔렀고, 전직 배구선수로 의심되는 한 여자 선생님은 출석부 모서리로 내 뒤통수를 강타하기도 했다.

누가 그랬던가. 진정한 깨달음을 얻기 위해서는 고통을 감내해야 한다고. 아, 정말 고통이 필수인 것 같다. 그때 당구 큐대와 출석부 모서리 덕분에 깨달았다. 리더는 권한만 있는 게 아니라 책임도 따르는 자리라는 것을.

음, 리더의 덕목이 뭘까? 영국의 한 경제학자는 "평범한 사람이 비범한 행동을 할 수 있도록 도와주는 사람이야말로 리더의 자격이 충분하다"고 말했다. 일리가 있다. 다만 머리로만 이해될 뿐 내 가슴에는 와 닿지 않는 얘기다.

혹시 모르니 리더의 어원을 한번 들여다봐야겠다. 리더leader의 유래와 관련해 몇 가지 설이 있다.

우선 리더에는 전장戰場에서 죽음을 무릅쓰고 선봉에 나가 싸우는 사람, 먼지를 먼저 뒤집어쓰는 사람이라는 뜻이 있다. 그래서 중세 유럽에선 리더를 '외로움' '인내' 같은 단어와 동의어로 여겼다고 한다.

다른 의견도 있다. 단순히 일행보다 앞장서서 길을 걷는 사람이 아니라 함께 여행하는 사람을 위해 장애물을 허물고 길을 개척하는 지도자, 즉 '여행을 이끄는 사람'이 진정한 리더라는 것이다.

난 이 견해가 참 마음에 든다. 내 머릿속에 있는 이상적인 리더의 모습은 함께 여행하는 일행을 절대로 버리지 않는 사람이다.

우리 사회에는 자칭 타칭 리더로 불리는 이들이 넘쳐난다. 그러나 자신을 믿고 따르는 사람을 끝까지 책임지고 권한과 책임 사이에서 심도 있게 방황하는 리더는 그리 많지 않은 듯하다. 뭐랄까. 다들 리드lead를 하겠다고 목소리만 높인다고 할까. 그들이 이 글을 리드read했으면 하는 소박한 바람을 가져본다.

●

부드러운 것과 딱딱한 것

몇 해 전, 태풍이 북상하면서 폭우가 쏟아지던 날이었다. 강풍에 건물 기왓장이 뜯기고 간판이 떨어지는 등 사고가 잇따랐다. 그날 난 집 근처에서 가로수치고 굵기가 가느다란 나무 한 그루가 격하게 흔들리는 모습을 보았다.

녀석은 일렁이는 바람에 몸을 맡긴 채 왼쪽으로 휘어졌다 오른쪽으로 치우쳤다 하면서 반복적인 움직임을 이어가고 있었다. 성룡이 영화 '취권'에서 술에 취한 척 안 취한 척 이리저리 비틀거리며 적의 공격을 피하는 동작과 비슷했다.

반면 허리가 굵고 덩치가 큰 나무들은 비바람을 정면으로 맞으며 꼿꼿하게 버티고 있었다. 로마 시대 원형 경기장에 들어선 검투사들 같았다. 물러서지 않고 적과 맞서 싸우겠다는 결기가 느껴졌다.

다음 날 초대형 태풍이 휩쓸고 지나간 자리에 햇살이 내리쬐기 시작했다. 거리에는 콘크리트 조각과 유리 파편이 여기저기 널브러져 있었고, 뿌리째 뽑힌 나무들이 치열한 전투에서 고지를 점령당한 패잔병처럼 곳곳에 흩어져 있었다.

내가 보았던 가느다란 나무는 어떻게 됐을까? 모르긴 몰라도 '오즈의 마법사'에 나올 법한 회오리바람을 타고 높이 치솟은 다음 땅으로 처참하게 추락하지 않았을까, 싶었다.

예상은 빗나갔다. 녀석은 목숨을 부지한 채 제 자리를 지키고 있었다.

비바람에 긁힌 듯한 자국 사람으로 치면 다소 술이 덜 깬 듯한 표정이 보였지만, 녀석은 꽤 당당해 보였다. 뿌리는 흙을 굳건히 움켜쥐고 있었고, 몸에서 떨어져 나간 줄기와 이파리도 없어 보였다.

그 모습은 뭐랄까. 자신의 죽음을 예상했던 미천한 인간을 한심하단 표정으로 내려다보며 "그것 봐, 내가 뭐라고 했어?"라고 한마디 하는 것 같았다.

난 녀석이 전생에 벼슬은 하지 않았지만 초야에서 수양에 힘쓴 선비일지도 모른다는 말도 안 되는 상상을 하며 발길을 돌렸다.

순간, 녀석이 속삭이는 듯한 목소리로 내게 말을 걸어오는 것 같았다. 그 사극 톤 목소리가 소곤소곤 귀에 감겼다.

"여보게, '부드러움'에는, '강함'에 없는 것이 있다네. 그건 다름 아닌 생명일세. 생명生과 가까운 게 부드러움이고 죽음死과 가까운 게 딱딱함일세. 살아 있는 것들은 죄다 부드러운 법이지."

이름을 부르는 일

얼마 전 사무실 근처에 있는 카페를 찾았다. 한 남성이 욕신辱神으로 빙의를 했는지 동물 명칭과 숫자 등을 창의적으로 조합해서 친구의 이름을 격하게 부르짖고 있었다. 그는 아무런 죄책감도 느끼지 않는 듯했다.

누군가의 이름을 부르는 행위는 그리 하찮은 일이 아니다. 이름을 뜻하는 한자 명名은 저녁 석夕 밑에 입 구口를 받친 구조다.

이를 글자 그대로 풀어보자. 저녁에 입을 벌리다? 나쁘지 않지만 좀 더 상상력을 발휘해보면 어떨까.

때는 바야흐로 인류의 생활 방식이 수렵과 채집에서 유목과 농경으로 넘어가던 어느 날 저녁, 온종일 단백질과 탄수화물을 확보하기 위해 동분서주한 아버지와 어머니가 지친 몸을 이끌고 집으로 돌아온다.

주린 배를 움켜쥐고 있던 아이들의 귀에 인기척이 들려온다. 하지만 토머스 에디슨이 백열전구를 발명하기 훨씬 전이기 때문에 천지는 어둠夕과 정적으로 뒤덮여 있다.

영희와 철수는 귀를 쫑긋 세워 발소리에 집중한다. 엄마와 아빠일까, 아니면 강 건너 마을에서 침입한 약탈자일까. 철수는 한 손에 돌도끼를 움켜쥐고 경계의 끈을 놓지 않는다.

순간 부모가 입口을 크게 벌려 이구동성으로 아이들의 이름名을 외친다. "영희야, 철수야, 잘 있었느냐? 먹을 것 구해왔다!"

캄캄한 밤, 어둠 속에서 자식의 안위를 확인하기 위해 부모가 목놓아 외치는 것이 바로 이름이다. 누군가의 이름을 부르는 행위는 상대방의 편안함과 위태함을,

정체성을 확인하는 일이다.

가족이나 친구의 이름을 말할 때 욕지거리를 섞어 부르고 있다면, 그런 표현이 혀에 착착 달라붙는다면 부끄러운 줄 알아야 한다.

이름을 부르는 일은 숭고하다.

숭고하지 않은 이름은 없다.

가능성의 동의어

'뻔한 액션 영화'를 볼 때 대단한 철학이나 독특한 폭력 미학을 기대하는 것은, 중화요리 전문점에서 짜장면을 주문하면서 단무지를 찾지 않고 피클을 달라고 요구하는 것과 비슷하다. 번지수를 잘못짚었다고 할까.

영화 '와호장룡'에서 주윤발과 장쯔이가 펼친 검술 대결처럼 미려한 장면, '올드보이'를 수놓은 일명 '장도리 신'이 선사하는 무자비함, 첩보 장르에 한 획을 그은

'본 시리즈'에 등장하는 현실 밀착형 격투 같은 건 다른 영화에서 찾아야 마땅하다.

고전적인 액션 영화의 공식을 충실히 따르는 작품은 대개 만듦새가 앙상하다. 달리 말해, 지나치게 친절하다.

5분만 보면 누가 악당이고 누가 착한 사람인지 한눈에 구분할 수 있고 앞으로 어떤 사건이 일어날지 쉽게 예측할 수 있다. 악당들의 캐릭터는 평면적이고 생김새는 천편일률적이다. 죄다 메리 셸리의 소설 '프랑켄슈타인'에 등장하는 괴물의 일가친척으로 추정된다.

하지만 우리가 기꺼이 티켓을 끊고 극장을 찾는 이유는, 단순히 영화의 스토리가 궁금해서만은 아니다. 영화에 나오는 다양한 상징과 은유를 해석하기 위해서만 영화를 보는 것도 아니다.

때로는 강렬한 헤비메탈 사운드를 닮은 액션 장면을 감상하며 스트레스를 날려 버리고 싶은 마음에 극장으로 향하기도 한다.

혈혈단신으로 세계 평화를 지켜내는 주인공의 활약은 어딘지 닭살을 돋게 하지만, 일견 쾌감을 안겨주는 것도 사실.

미션 임파서블 시리즈의 주인공 이단 헌트톰 크루즈만 해도 그렇다. 그는 본인의 나이를 망각한 채 극한 액션을 선보인다. 이륙 중인 비행기에 오르고 오토바이 추격전과 수중 잠수 등 육해공을 넘나드는 액션 본능을 펼친다.

그리고 매번 불가능을 가능하게 만든다. 모두가 "안 돼!"라고 말할 때 우리의 주인공은 믿는 구석이 있는지 혼자 "도전!"을 외친다. 성공 가능성이 낮은 임무에 정면으로 응전한다.

국립국어원 표준국어대사전에서 '가능성'을 찾으면, 앞으로 실현될 수 있는 성질이나 정도라고 나온다. 사전적 의미가 그렇다. 하지만 실현성, 현실성, 가망성 따위는 철저하게 계산된 통계나 명료한 숫자만을 의미하지 않는다. 가능성은 때론 단순한 확률이 아니라, 믿느냐 안 믿느냐의 문제일 수도 있다.

중학교 때 사소한 잘못으로 교무실에 불려 간 적이 있다. "선생님이 너 1층으로 오시래"라는 친구 녀석의 잘못된 높임법을 듣자마자 뭔가 일이 잘못 돌아가는 것 같은 느낌을 지울 수 없었지만, 나는 별수 없이 내려갔다.

난 교무실에 들어서는 순간 이를 악물었다. 제자에 대한 사랑의 구타를 당연하게 여기던 시절이었기 때문이다.

하지만 무섭기로 소문났던 학생부 선생님은 혼을 내기는커녕 이면지 한 장을 꺼내더니 "여기에 네 장점을 써 보자"라며 당시엔 듣기 어려웠던 청유형 문장을 구사했다.

칭찬과 지적이 적절히 혼재된 면담이 끝날 무렵, 선생님은 "너처럼 가능성이 있는 녀석이 그러면 안 된다" 하셨다. 난 가능성이란 낱말이 참 듣기 좋았다. 내게 그 표현은 "아직 널 믿는다…"는 말로 들렸으니까.

당당하게 교무실을 나서면서 나는 이런 생각을 떠올렸다. 사람 보는 '눈'이란 건 상대의 단점을 들추는 능력이 아니라 장점을 발견하는 능력이라는 것과, 가능성이란 단어가 종종 믿음의 동의어로 쓰인다는 것을.

•

하늘이 맑아지는 시기

어느 고속버스터미널에서 목격한, 사소하다면 사소한 광경이다. 버스에 몸을 실으려던 찰나였다. 우락부락하게 생긴 사내 서넛이 눈에 들어왔다.

무리 중 가장 우락부락하게 생긴 한 명이 길고양이를 발견하고는 부리나케 달려갔다. 그는 점퍼 주머니에서 뾰족한 물체를 꺼냈다. 앗, 해코지하려는 건가?

아니었다. 사내는 먹다 만 식빵 조각을 고양이에게

건넸다. 고양이는 발뒤꿈치를 들고 한 발 한 발 인기척, 아니 묘猫기척 없이 다가와서는 잽싸게 빵을 낚아채 달아났다.

몸을 돌려 도망치는 속도가 어찌나 빠른지 내 눈이 녀석의 동작을 따라가지 못할 정도였다. 사내는 엷은 미소를 지으며 고양이의 뒷모습을 바라봤고, 녀석도 도망치다 말고 사내를 힐끔 돌아봤다.

그리고 잠시 둘의 시선이 마주쳤다. 그럴 리 없겠으나 그 모습은 마치 고양이가 사내에게 정중히 경의를 표하는 것처럼 보였다. 오늘 쫄쫄 굶었는데 이제 배불리 먹을 수 있게 됐어요, 하고 말하는 듯했다.

별일 아닌 것 같지만 내겐 꽤 아름다운 장면이었다. 달력을 보니 오늘은 절기상 '청명'이다. 맑을 청淸에 밝을 명明이다. 하늘이 차츰 맑아지는 시기를 뜻한다.

아, 그래서일까. 오늘은 절기와 꽤 잘 어울리는 장면을, 거친 일상을 정화하는 맑은 광경을 목격한 것 같다.

계절의 틈새

'봄비는 일비, 여름비는 잠비'라는 말이 있다. 봄에 비가 오면 들에 나가서 할 일이 많으므로 '일비', 여름에 비가 오면 낮잠을 자기 좋아서 '잠비'라는 것.

어제는 봄과 여름을 연결하는, 연하게 흩뿌려지는 비가 왔다. 난 이 비를 '연비' 연한 비 혹은 연결하는 비 라 부르고 싶다.

이런 비는 사람 마음에도 내린다. 사람과 사람을 연결하고 서로의 문턱을 낮추게 한다. 그런 비라면 흠뻑 맞아도 좋다.

연비가 가늘게 내린 뒤 봄이 뒷모습을 보이며 슬금슬금 도망치고 있다. 봄이 수명을 다하는 사이 저 멀리서 여름이 손을 흔들고 있다. 당장에라도 계절의 여왕이 초록빛 커튼을 열고 걸어 나올 것만 같다.

이처럼 하나의 계절이 가고 또 다른 계절이 다가올 때, 계절의 틈이 벌어질 때 사람들은 각자의 방편으로 소박한 행사를 치르곤 한다.

어떤 이는 장롱에 묵혀둔 옷을 꺼내 말끔히 손질하거나 새롭게 수선한다. 의식衣食, 의복과 음식으로 의식儀式, 법식이나 행사을 거행하는 셈이다.

또 다른 이는 집 청소와 책상 정리로 마음에 묻은 얼룩을 닦아낸다. 버려야 할 것과 취해야 할 것을 분류하며 일상의 틈바구니에서 잠시 숨을 고른다.

다들 저마다의 방식으로 계절의 틈새를 건너가며, 자신이 살아있음을 느낀다.

참, 나는 계절이 변화하는 미묘한 시기에, 수분크림이나 계절에 어울리는 양산을 어머니 화장대 위에 은밀하게 올려놓는 편이다. ●

계절이 보내온 편지

살다 보면 지극히 작은 변화와 사소한 사건에서 소박한 교훈을 얻는 경우가 많다.

어제 일을 마치고 아파트 진입로의 화단을 따라 걷고 있었다. 나무에서 떨어진 꽃잎이 발에 밟혔다. 길바닥에 나뒹군 지 꽤 됐는지 바싹 말라 있었다. 손에 닿으면 금방이라도 바스러질 것 같았다.

그러고 보면 꽃처럼 겸손한 것도 없다. 제 삶의 무게

를 지탱할 수 없다고 판단하면 누가 시키지 않아도 스스로 목을 꺾어 땅으로 투신하니 말이다.

그건 뭐라고 해야 하나. 은퇴를 저울질하던 연극배우가 마지막 무대에 올라서 방백傍白을 통해 삶을 반추하고 속마음을 표현하는 것과 비슷할지도 모르겠다.

"제가 물러나야 할 때인 것 같아요. 다른 꽃과 나무가 자랄 수 있도록 자리를 내어주려 해요. 아무튼 전 최선을 다했습니다…."

계절이 바뀌는 과정에서 쓸모를 다하거나 화려한 모습을 잃은 꽃과 나무를 볼 때마다 이런 생각도 든다. 가끔은 얘들이 내게 짧은 편지를 보내오는구나. "이기주 작가님, 겸손하게 살기를 당부합니다"라는 뭐 그런.

막바지 편지를 부지런히 읽어야겠다.

내려앉은 꽃잎 따라,
하나의 계절이 가고 있다.

몸이 말을 걸었다

한동안 〈언어의 온도〉 원고 작성에만 매달렸더니 결국 몸에 탈이 났다. 식은땀이 비 오듯 쏟아졌고 온몸이 찌뿌드드했다.

콧물도 심했다. 나이아가라 폭포수처럼 쉴 새 없이 흘러내렸다. 두통은 더했다. 섬세한 성격의 국가대표 사격 선수가 내 오른쪽 관자놀이를 과녁으로 삼아 날카로운 바늘로 쿡쿡 찌르는 것 같았다. "한 놈만 팬다"는 영화 '주유소 습격사건'의 명대사가 떠올랐다.

새벽 1시쯤 침대에 누웠는데 잠이 오지 않았다. 모로 누웠다가 똑바로 누웠다가 하면서 밤새워 뒤척였다. 순간 몸이 내게 말을 거는 것 같았다. 그동안 쌓인 불만과 짜증을 쏟아내며 칭얼거리는 것처럼 들렸다.

"이봐요. 이 작가. 내가 참을 만큼 참았어. 당신의 눈도 손도 두뇌도 정말 피곤하단 말이야. 이제 좀 쉬게 해줘요. 당신도, 나도 알파고가 아니란 말일세!"

뜨끔했다. 긴 문장에 쉼표가 필요하듯 우리 몸도 휴식이 필요하다는 당연한 사실을 잊고 산 것인가 싶었다. 내 몸에, 특히 소우주로 불리는 내 뇌에 미안했다. 그래서 혼잣말하듯 중얼거렸다.

"그래, 앞으로 그러지 않을게. 네가 보내는 신호를 무시하지 않을게. 꼭 감지할게."

베개를 베고 자세를 고쳐 누우면서 이번 주말에는 '아무것도 하지 않는 일'을 해야겠다고 다짐했다. 물론 쉽지 않은 일이다. 우린 무엇을 중단하거나 멈추는 데 익숙하지 않다.

'나'를 헤아리는 일에도 서툴다.

소셜 미디어로 타인과 소통하는 데 상당한 시간을 할애하면서도 정작 자신과 소통하며 스스로 몸과 마음의 상태를 들여다볼 줄 아는 사람은 드물다.

나는 "자신과의 싸움에서 이겨야 한다"는 말을 좋아하지 않는다.

살다 보면 싸워야 할 대상이 차고 넘치는데 굳이 '나'를 향해 칼끝을 겨눌 필요가 있을까 싶다. 자신과의 싸움보다 자신과 잘 지내는 게 훨씬 더 중요하다고 나는 생각한다.

화향백리 인향만리

꽃은 향기로 말한다. 봄꽃은 진한 향기를 폴폴 내뿜으며 벌과 나비와 상춘객을 유혹한다. 향기의 매력은 퍼짐에 있다. 향기로운 꽃 내음은 바람에 실려 백 리까지 퍼져 나간다. 그래서 화향백리花香百里라 한다.

다만 꽃향기가 아무리 진하다고 한들 그윽한 사람 향기에 비할 순 없다. 깊이 있는 사람은 묵직한 향기를 남긴다. 가까이 있을 때는 모른다. 향기의 주인이 곁을 떠날 즈음 그 사람만의 향기, 인향人香이 밀려온다. 사람 향기는 그리움과 같아서 만 리를 가고도 남는다. 그래서 인향만리人香萬里라 한다.

관찰은 곧 관심

채널을 돌리다 '서민 갑부'라는 프로그램을 우연히 시청했다. 주인공은 나이 지긋한 세탁 장인匠人이다. 이태리 장인이 한 땀 한 땀 심혈을 기울여 바느질하듯 그는 자체 개발한 약품을 사용해 옷에 묻은 얼룩을 정성스레 제거했다.

단골만 수백 명. 인근 주민은 물론 타 지역에서 옷가지를 들고 오거나 택배로 부치는 경우도 많았다. 방송은 주인공의 전문성과 재산에 방점을 찍었다. 카메라는 만 원짜리 지폐가 가득한 금전 출납기를 줄기차게 클로즈업했다.

한데 어르신은 번개 같은 손놀림으로 일을 처리하면서도 세탁소 한쪽을 힐끗힐끗 바라봤다.

그의 시선이 가 닿는 곳에, 깡마르고 작은 체구의 아들이 의자에 걸터앉아 초점 없는 눈빛으로 아버지를 바라보고 있었다. 아들은 얼핏 보기에도 몸이 조금 불편해 보였다.

세탁 장인은 아들을 향한 눈길을 거두지 못했다. 아들과 시선이 마주치기라도 하면 뭔가 생각에 잠기는 듯했고 주름진 눈가에는 그렁그렁 눈물이 맺혔다. 그는 내가 감히 헤아릴 수 없는 사연을 가슴에 묻은 채 살아가고 있는 듯했다. 그가 무겁게 입을 열었다.

"내가 일이 즐거운 것도 있지만 사실은 재 때문에 열심히 일하는 거야. 많이 벌어야 해."

장인의 목소리가 파르르 떨렸다. 떨림은 그의 얼굴과 손가락을 타고 온몸으로 번져 나가는 것 같았다.

세탁 장인의 눈에 맺힌 물기를 보는 순간 짧은 이야

기 하나가 내 머릿속에서 포개졌다.

몇 해 전, 친한 선배가 부친을 하늘로 떠나보냈다. 평소 그는 아버지와 말을 섞지 않았다. 눈을 마주치는 것도 어색해 집에서 식사할 때면 고개를 푹 숙인 채 서둘러 밥을 먹고 자리를 떴다.

그러던 어느 날 선배는 아버지가 뇌졸중으로 쓰러졌다는 소식을 듣고 병원으로 달려갔다. 이동하는 길에 아버지의 눈빛을 떠올리려 했으나 도무지 기억이 나지 않았다고 한다.

그는 중환자실에 누워 있던 아버지를 향해 "제발 일어나세요. 저 좀 보세요"라고 절규하듯 외쳤다. 하지만 아버지는 끝내 눈을 감았다. 부자는 두 번 다시 서로의 눈빛을 확인할 수 없었다.

사랑하는 사람과 시선을 나눌 수 있다는 것, 참으로 소중한 일이 아닐 수 없다. 눈을 동그랗게 뜨고 상대를 자세히 응시하는 행위는 우리 삶에서 꽤 중요한 의미를 지닌다.

그래서 '관찰 = 관심'이라는 등식이 성립하기도 한다.

사람은 관심이 부족하면 상대를 쳐다보지 않는다. 궁

금할 이유가 없으므로 시선을 돌리게 된다. 외면하는 것이다.

"당신이 보고 싶지 않아요"라는 말은, "그쪽에 관심이 없어요" 혹은 "뜨겁던 마음이 어느 순간 시들해졌어요. 아니 차가워졌어요"라는 말과 동일하게 쓰이곤 한다.

그래서일까. 돌이켜보면 관심이 멈추던 순간,

상대를 향한 관찰도 멈췄던 것 같다….

나를 용서해야 하는 이유

영어 단어 러더rudder는 배의 방향을 결정하는 장치인 '키'를 가리킨다. 그럼 러덜리스rudderless는 무슨 뜻일까. 맞다. 방향키가 망가진 배처럼 갈팡질팡하는 상태를 가리킨다.

'러덜리스'라는 영화도 있다. 삶의 방향을 잃고 표류하는 중년 남자의 이야기를 담아냈다. 광고기획자 샘은 총기 사고로 아들을 잃은 뒤 직장을 박차고 나와 요트에서 은둔 생활을 이어간다. 항해 도중 선원을 모두 잃고 폭풍우 속에서 홀로 표류하는 난파선의 선장처럼 살아간다.

그는 매일 밤 눈꺼풀을 들어 올리지 못할 때까지 자신의 몸을 술로 가득 채운다. 마치 제 머리와 가슴에 고여 있는 아들을 향한 그리움과 죄책감을 모두 씻어내겠다는 듯….

샘은 삶의 의미를 되찾고 인생의 방향키를 바로 세울 수 있을까? 흠, 그건 상상에 맡기고 싶다.

영화를 본 뒤 나는 깊은 감동에 빠지지는 않았지만, 샘처럼 죄책감의 바다에 깊숙이 빠져 허우적거렸던 기억을 잠시 떠올렸다.

기억을 더듬어 시간을 거꾸로 돌려 봤다. 한때는 어깨를 짓누르는 책임감이 버겁게 느껴질 때가 있었고 그때마다 난 "내 탓이야"라며 혹독하게 스스로를 책망했다. 죄책감의 바다에서 표류했다.

수렁에서 아들을 건져준 건 어머니였다. 내가 지면을 할애해 어머니 이야기를 구구하게 언급하는 것도 다 그런 이유에서다. 어머니가 내겐 예인선이었다.

영화 이야기로 시작했으니 영화 이야기로 끝맺으련다. 내가 뭍으로 예인될 즈음 '굿 윌 헌팅'이란 영화를 보았다.

타고난 광대였던 로빈 윌리엄스가 숀 맥과이어라는 심리학 교수로 나온다. 숀 교수는 유년 시절의 상처로 방황하는 수학 천재 윌의 마음을 열기 위해 애쓴다. 숀은 자책과 분노로 똘똘 뭉친 윌을 어루만지며 위로한다.

"네 잘못이 아니야It's not your fault."

이는 숀이 들려주고 싶었던 유일한 문장인 동시에 윌이 듣고 싶어 한 유일한 문장이었다. 윌은 숀의 품에 안겨 펑펑 눈물을 쏟아낸다.

이런 멋진 대사를 선물한 로빈 윌리엄스가 자살로 생을 마감했다는 소식을 듣던 날, 나는 몇 가지 인생의 아이러니를 떠올렸다.

우울한 사람의 마음을 가장 많이 위로한 사람도 우울증으로 세상을 등질 수도 있다는 것, 인생의 바다에선 누구나 한 번쯤 길을 잃는다는 것, 그리고 우리 주변에는 어쩌면 수많은 윌이 존재할지 모른다는 것. 뭐, 어쩌면 우리 모두일 수도 있을 테고.

가끔 삶이 버겁거나 내가 느끼는 죄책감이 비겁함으로 둔갑하려는 순간마다 나는 숀 교수가 들려준 "네 잘못이 아니야"라는 문장을 소리 내어 읽곤 한다.

그러면서 하릴없이 되뇐다.

살면서 내가 용서해야 하는 대상은 '남'이 아니라 '나'인지 모른다고.

우린 늘, 다시 시작하지 않으면 안 된다고.

타인의 불행

인간은 얄팍한 면이 있어서
타인의 불행을 자신의 행복으로 종종 착각한다.

하지만 그런 감정은 안도감이지 행복이 아니다.
얼마 못 가 증발하고 만다.

아름다운 걸 아름답다 느낄 때

몇 해 전, 꽃 축제에 다녀왔다. 표를 예매하면서 기대했다. 듣도 보도 못한 꽃을 구경할 수 있겠지? 화려한 꽃과 그 빛깔에서 눈을 뗄 수 없을 테지?

기대는 금세 실망으로 바뀌었다. 실제 가 보니 소문난 잔치에 먹을 것 없다는 속담이 절로 떠올랐다. 동네 꽃집이나 식물원에서 익히 봐 왔던 꽃이 가득했다. 아름다움을 감지하는 내 감각의 촉수가 퇴화한 건가 싶었다. 게다가 우리나라에 꽃 좋아하는 사람이 이리 많았나 싶을 정도로 꽃보다 사람 머릿수가 더 많았다. 꽃을 음미하며 미소를 짓기는커녕 미간만 찌푸린 채 집으로 돌아왔다.

몇 달 뒤 출근길이었다. 햇빛에 반짝이는 노란 점 하나가 보였다. 정체가 궁금했다. 자세히 보니 이름 모를 들꽃이 가지 끝에 아슬아슬하게 매달린 채 바람이 스칠 때마다 이리저리 나부끼고 있었다.

난 가까이 다가가 허리를 굽혔다. 꽃과 눈을 맞추고 같은 눈높이에서 바라보았다. 정면에서 볼 때는 분명 둥근 점 같았는데 다른 각도로 관찰하니 샛노란 꽃잎이 여러 장 붙어 있었다.

한복을 입은 예닐곱의 무희들이 부채를 흔들며 원 모양의 대열을 이룬 채 자태를 뽐내는 것처럼 보였다. 조금 과장하면, 꽃 한 송이가 내 가슴에 들어와 정중동靜中動의 요소가 잘 어우러진 한 편의 춤사위를 펼친 셈이다. 묘한 뿌듯함이 찾아들었다.

그렇게 엷은 미소를 지으며 걸음을 옮기려는데 한편

으론 뭔가 찜찜한 기분을 지울 수 없었다. 이 석연치 않음의 정체는 뭐지?

문득 꽃 축제를 찾았을 때의 기억이 새록새록 돋아났다. 그때는 왜 눈에 띄게 예쁜 꽃을 발견하지 못한 걸까. 곰곰 따져봤다. 아차, 꽃 축제에 아름다운 꽃이 없었을 리 없다. 그런 꽃을 알아채고 음미하려는 내 여유와 의지가 없었던 건지 모른다.

아뿔싸! 볼 준비가 안 돼 있는데, 느낄 여유가 없는데, 무엇을 보고 무엇을 느낀다는 말인가. 공연히 축제의 수준 탓만 했다는 생각에, 돌연 얼굴이 달아올랐다. 체온이 0.5도 정도 상승한 것 같은 느낌이 들었다.

손에 들고 있던 책으로 연신 부채질을 하며 발길을 돌렸다. 불현듯, 전에 영화를 보다가 몸에 소름이 쫙 돋아서 책 귀퉁이에 적어 놓았던 대사 한 줄이 떠올랐다.

순간 그 짧은 문장이 머리와 가슴을 가득 채운 것처럼 느껴졌다. 소리 내어 말하지 않고서는 못 배길 것 같았다. 그래서 난 입을 벌려 또박또박 발음했다.

"아름다운 것을 아름답다고 느낄 때 우린 행복하다⋯."

1판 1쇄 발행 2016년 8월 11일
1판 180쇄 발행 2025년 1월 9일

지은이 | 이기주

편집자 | 이기주
펴낸곳 | 말글터
디자인 | ALL designgroup
등록 | 2015년 4월 8일 제2015-000076호
주소 | 서울 종로구 종로1가 1 교보생명빌딩
문의 | 031-904-8151
팩스 | 031-8038-5654
메일 | malgeulsite@gmail.com

ISBN 979-11-955221-2-5 03810

- 본문 곳곳에 스며 있는 잉크 무늬는 인쇄 오류가 아니라 디자인적인 요소입니다.
- 잘못 인쇄된 책은 서점에서 바꾸어 드립니다.

이 도서의 국립중앙도서관 출판예정도서목록(CIP)은 서지정보유통지원시스템 홈페이지(http://seoji.nl.go.kr)와 국가자료공동목록시스템(http://www.nl.go.kr/kolisnet)에서 이용하실 수 있습니다.(CIP제어번호: CIP2016013798)